宇宙坍缩

刘慈欣 等◎著

北方联合出版传媒(集团)股份有限公司
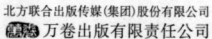 万卷出版有限责任公司

ⓒ 刘慈欣等 2022

图书在版编目（CIP）数据

宇宙坍缩 / 刘慈欣等著 . -- 沈阳 : 万卷出版有限
责任公司，2022.7（2024.1 重印）
ISBN 978-7-5470-5956-2

Ⅰ . ①宇… Ⅱ . ①刘… Ⅲ . ①幻想小说 - 小说集 - 中
国 - 当代 Ⅳ . ① I247.7

中国版本图书馆 CIP 数据核字 (2022) 第 061898 号

出 品 人：王维良
出版发行：北方联合出版传媒（集团）股份有限公司
　　　　　万卷出版有限责任公司
　　　　　（地址：沈阳市和平区十一纬路 29 号　邮编：110003）
印 刷 者：三河市九洲财鑫印刷有限公司
经 销 者：全国新华书店
幅面尺寸：145mm×210mm
字　　数：240 千字
印　　张：8.625
出版时间：2022 年 7 月第 1 版
印刷时间：2024 年 1 月第 3 次印刷
责任编辑：王　越
责任校对：张　莹
装帧设计：平　平
ISBN 978-7-5470-5956-2
定　　价：48.00 元
联系电话：024-23284090
传　　真：024-23284448

目录

宇宙坍缩 / 刘慈欣

光年尺度下的思考

坍缩将在凌晨 1 时 24 分 17 秒发生。

对坍缩的观测将在国家天文台最大的观测厅进行。这个观测厅接收在同步轨道上运行的太空望远镜发回的图像，并把它投射到一块篮球场大小的巨型屏幕上。现在，屏幕上还是一片空白。到场的人并不多，都是理论物理学、天体物理学和宇宙学的权威。对即将到来的这一时刻，他们是这个世界上少数真正能理解其含义的人。此时，他们静静地坐着，等着那一时刻，就像刚刚用泥土做成的亚当、夏娃等着上帝那一口生命之气一样。只有天文台的台长在焦躁地来回踱着步。巨型屏幕出了故障，而负责维修的工程师到现在还没来。如果她来不了的话，来自太空望远镜的图像就只能在小屏幕上显示，那这一伟大时刻的气氛就差太多了。

丁仪教授走进了大厅。

科学家们都像提前活了一般，一齐站了起来。除了半径为一百五十亿光年的宇宙，能让他们感到敬畏的就是这个人了。

丁仪同往常一样目空一切，没有同任何人打招呼，也没有坐到那把为他准备的大而舒适的椅子上去，而是信步走到大厅的一角，欣赏起放在玻璃柜中的一只大陶土盘来。这只陶土盘是天文台的镇台之宝，是价值连城的西周时期的文物，上面刻着几千年前已化为尘土的眼睛所看到的夏夜星图。这只陶土盘经历了沧海桑田，已到了崩散的边缘，上面的星图模糊不清，但大厅外面的星空却丝毫没变。

丁仪掏出一个大烟斗，向一只上衣口袋里挖了一下，挖出了满满一斗烟丝，然后旁若无人地点上烟斗抽了起来。大家都很惊诧，因为他有严重的气管炎，以前是不抽烟的，别人也不敢在他面前抽烟。再说，观测大厅里严禁吸烟，而那个大烟斗产生的烟雾比十支香烟都多。

但丁教授是有资格做任何事情的。他创立了统一场论，实现了爱因斯坦的梦想。他对宇宙大尺度空间所做的一系列预言都得到了实际观测的精确证实。后来，利用统一场论的数学模型，上百台巨型计算机不间断地运行了三年，得出了令人难以置信的结论：已膨胀了一百五十亿年的宇宙将在两年后转为坍缩。

现在，这两年时间只剩不到一个小时了。白色的烟雾在丁仪的头上聚集盘旋，形成梦幻般的图案，仿佛是他那不可思议的思想正从大脑中飘出……

台长小心翼翼地走到丁仪身边，说："丁老，今天省长要来，请到他不容易，请您一定给省长说说，请他给我们多少拨一些钱。本来不该因这些事使您分心的，但台里的经费状况已到了山穷水尽的地步，国家今年不可能再给钱，只能向省里要了。我们是国内主要的宇宙观测基地，可您看我们到了什么地步，连射电望远镜的电费都拿不出来了。现在，我们已经开始打它的主意了……"台长指了指丁仪正欣赏的古老星图盘，"要不是有文物法，我们早就卖掉它了！"

这时，省长同两名随行人员一起走进了大厅。他们的脸上显出疲惫的神色，把一缕尘世的气息带进这超凡脱俗的地方："对不起。哦，丁老您好，大家好。对不起，来晚了。今天是连续暴雨后的第一个晴天，洪水形势很紧张，长江已接近 1954 年的最高水位。"

台长激动地说了许多欢迎的话，然后把省长领到丁仪面前，"下面，请丁老为您介绍一下宇宙坍缩的概念……"同时他向丁仪递了个眼色，"这样好不好，我先说说自己对这个概念的理解，然后请丁老和各位科学家指正。首先，哈勃发现了宇宙的红移现象——是哪一年我记不清了——我们所能观测到的所有星系的光谱都向红端移动。根据开普勒效应，这表明所有的星系都在离我们远去。由此现象我们可以得出结论：宇宙在膨胀。由此又得出结论：宇宙是在一百五十亿年前的一次大爆炸中诞生的。如果宇宙的总质量小于某一数值，宇宙将永远膨胀下去；如果总质量大于某一数值，则万有引力将逐渐使膨胀减速、停止，之后，宇宙将在引力作用下走向坍缩。以前，宇宙中所能观测到的物质总量使人们倾向于第一个结论，但后来人们发现中微子具有质量，并且在宇宙中发现了大量以前没有观测到的暗物质，这使宇宙的总质量大大增加，人们又转向了后一个结论，认为宇宙的膨胀速度将逐渐减慢，最后转为坍缩——宇宙中的所有星系将向一个引力中心聚集。这时，同样由于开普勒效应，在我们眼中，所有星系的光谱将向蓝端移动，即蓝移。而丁老的统一场论计算出了宇宙由膨胀转为坍缩的精确时间。"

"他说得基本正确。"丁仪慢慢地把烟灰磕到干净的地毯上。

"对，对，如果丁老都这么认为……"台长高兴得眉飞色舞。

"正确到足以显示他的肤浅。"丁仪又从上衣口袋挖出一斗烟丝。

台长的表情凝固了，科学家那边传来了低低的讥笑声。

省长宽容地笑了笑："我也是学物理的，但毕业后这三十年，我都差不多忘光了。同在场的各位相比，我的物理学和宇宙学知识，怕是连肤浅都达不到。唉，我现在只记得牛顿三定律了。"

"但离理解它还差得很远。"丁仪点上了新装的烟丝。

台长哭笑不得地摇摇头。

"丁老,我们生活在两个完全不同的世界里。"省长感慨地说,"我的世界是现实的、无诗意的、烦琐的,我们整天像蚂蚁一样忙碌,目光也像蚂蚁一样狭窄。有时深夜从办公室里出来,抬头看看星空,已是难得的奢侈。而您的世界充满着空灵与玄妙,您的思想跨越上百亿光年的空间和上百亿年的时间,地球对于您只是宇宙中的一粒灰尘,现世对于您只是永恒中短得无法测量的一瞬,整个宇宙似乎都是为了满足您的好奇心而存在。说句真心话,丁老,我真有些嫉妒您。我年轻时也做过那样的梦,但进入您的世界太难了。"

"但今天晚上并不难。您至少可以在丁老的世界中待一会儿,一起目睹这个宇宙最伟大的一瞬间。"台长说。

"我没有这么幸运。各位,很对不起,长江大堤已出现多处险情,我得马上赶到防总去。在走之前,我还有两个问题想请教丁老,这些问题在您看来可能幼稚可笑,但我苦想了很长时间也没有弄明白。第一个问题,坍缩的标志是宇宙由红移转为蓝移,我们将看到所有星系的光谱同时向蓝端移动。但目前能观测到的最远的星系距我们一百多亿光年,按您的计算,宇宙将在同一时刻坍缩,那样的话,我们要过一百多亿年才能看到这些星系的蓝移出现。即使是最近的半人马座，也要在四年之后才能看到它的蓝移。"

丁仪缓缓地吐出一口烟，那烟雾在空中飘浮，像微缩的旋涡星系："很好，你能想到这一点，有点儿像一个物理系的学生了，尽管仍是一个肤浅的学生。是的，我们将同时看到宇宙中所有星系光谱的蓝移，而不是在从四年到一百亿年的时间上依次看到。这源于宇宙大尺度范围内的量子效应。它的数学模型很复杂，是物理学和宇宙学中最难表述的概念。没指望你能理解。但由此你已得到第一个启示，它提醒你，宇宙坍缩产生的效应远比人们想象的复杂。你还有问题吗？哦，你没有必要马上走，你要去处理的事情并不像你想象的那样紧迫。"

"同您的整个宇宙相比，长江的洪水当然微不足道了。但丁老，神秘的宇宙固然令人神往，但现实生活也还是要过的。谢谢丁老的教诲，祝各位今晚看到你们想看的。"

"你不明白我的意思，"丁仪说，"现在长江大堤上一定有很多人在抗洪。"

"但我有我的责任，丁老，我必须回去。"

"你还是不明白我的意思，我是说大堤上的人们一定很累了，你可以让他们也离开。"

所有的人都惊呆了。

"什么……离开？干什么，看宇宙坍缩吗？"

"如果他们对此不感兴趣，可以回家睡觉。"

"丁老，您真会开玩笑！"

"我是认真的，他们干的事已没有意义。"

"为什么？"

"因为坍缩。"

沉默了好长时间，省长指了指大厅一角陈列的那只古老星图盘说："丁老，宇宙一直在膨胀，但从上古时代到今天，我们所看到的宇宙没有什么变化。坍缩也一样，人类的时空同宇宙时空相比，渺小到可以忽略不计。除了纯理论的意义外，我不认为坍缩会对人类生活产生任何影响。甚至，我们可能在一亿年之后都不会观测到坍缩使星系产生的微小位移——如果那时还有我们的话。"

"十五亿年。"丁仪说，"如果用我们目前最精密的仪器，十五亿年后我们才能观测到这种位移。"

"而宇宙完全坍缩要一百多亿年。所以，人类是宇宙这棵大树上的一滴小露珠，在它短暂的寿命中，是绝对感觉不到大树的成长的。您总不至于同意互联网上那些可笑的谣言，说地球会被坍缩挤扁吧？"

这时，一位年轻姑娘走了进来，脸色苍白，目光暗淡。她就是负责巨型显示屏的工程师。

"小张，你也太不像话了！你知道这是什么时候？"台长气急败坏地冲她喊道。

"我父亲刚在医院里去世……"

台长的怒气立刻消失了："真对不起，我不知道，可你看……"

工程师没再说什么，只是默默地走到大屏幕的控制计算机前，开始埋头检查故障。丁仪叼着烟斗慢慢走了过去。

"哦，姑娘，如果你真正了解宇宙坍缩的含义，你父亲的死就不会让你这么悲伤了。"

丁仪的话激怒了在场的所有人。工程师猛地站起来，她苍白的脸由于愤怒而涨红，双眼充满泪水。

"您不是这个世界上的人！也许，同您的宇宙相比，父亲不算什么，但父亲对我重要，对我们这些普通人重要！而您的坍缩，不过是夜空中那弱得不能再弱的光线频率的一点点变化而已。这变化，甚至那光线，如果不是由精密仪器放大上万倍，谁都看不到！坍缩是什么？对普通人来说什么都不是！宇宙膨胀或坍缩，对我们有什么区别？但父亲对我们是重要的，您明白吗？"

当工程师意识到自己是在向谁发火时，她克制住了自己，转身继续工作。

丁仪叹息着摇摇头，对省长说："是的，如你所说，两个世界。我们的世界……"他挥手指指物理学家们，"小的尺度是亿亿分之一毫米，"又指指宇宙学家们，"大的尺度是百亿光年，这是一个只能用想象来把握的世界。而你们的世界，有长江的洪水，有紧张的预算，有逝去的和还活着的父亲……一个实实在在的世界。但可悲的是，人们总要把这两个世界分开。"

"可您看到了，它们是分开的。"省长说。

"不！基本粒子虽小，却组成了我们；宇宙虽大，我们却身在其中。微观和宏观世界的每一个变化都牵动着我们的一切。"

丁仪说完，突然大笑起来。这笑除了有些神经质外，还包含着一种神秘的东西，让人毛骨悚然。

"好吧，物理系的学生，请背诵你所记住的时间空间和物质的关系。"

省长像小学生那样顺从地背了起来："由相对论和量子力学所构成的现代物理学已证明，时间和空间不能离开物质而独立存在。没有绝对时空。时间、空间和物质世界是融为一体的。"

"很好，但有谁真正理解了呢？你吗？"丁仪问省长，然后转向台长，"你吗？"转向埋头工作的工程师，"你吗？"又转向大厅中的其他技术人员，"你们吗？"最后转向科学家们，"你们？不，你们都不理解。你们仍按绝对时空来思考宇宙，就像脚踏大地一样自然。绝对时空就是你们思想的大地，离开它，你们对一切都无从把握。谈到宇宙的膨胀和坍缩，你们认为那只是太空中的星系在绝对的时间空间中的散开和汇聚。"他说着，踱到那个玻璃陈列柜前，伸手打开柜门，把那只珍贵的星图盘拿了出来，放在手上抚摸着，欣赏着。台长万分担心地抬起两只手在星图盘下护着。这件宝物放在那儿二十多年，还没有人敢动一下。台长焦急地等着丁仪把星图盘放回原位，但他没有，而是一抬手，把星图盘扔了出去！

价值连城的古老珍宝，在地毯上碎成了无数陶土块。

空气凝固了，大家呆若木鸡，只有丁仪还在悠然地踱着步，成为这僵住的世界中唯一活动的东西，他的话音仍不间断地响着。

"时空和物质是不可分的，宇宙的膨胀和坍缩包括整个时空。是的，朋友们，包括整个时间和空间！"

又响起了一声脆响，这是一只玻璃水杯从一名物理学家手中掉落下去后发出的声音。物理学家并不是吃惊于那个星图盘的损毁，否则杯子早就掉了。其他物理学家和宇宙学家们陷入震惊之中，引起他们震惊的原因是丁仪话中的含义。

"您是说……"一名宇宙学家死死地盯着丁仪，话卡在喉咙里说不出来。

"是的。"丁仪点点头，然后对省长说，"他们明白了。"

"那么，这就是统一场数学模型的计算结果中那个负时间参量的含义？"一名物理学家恍然大悟地说。

丁仪点点头。

"为什么不早些把它公布于世？您太不负责任了！"另一名物理学家愤怒地说。

"有什么用？只能引起全世界范围内的混乱。对时空，我们能做些什么？"

"你们都在说些什么？"省长一头雾水地问。

"坍缩……"台长——同时是一名天体物理学家——做梦似的喃喃地说，"宇宙坍缩会对人类产生影响，是吗？"

"影响？不，它将改变一切。"

"能改变什么呢？"

科学家们都在匆匆整理思绪，没人回答他。

"你们就告诉我，坍缩时，或宇宙蓝移开始时，会发生什么？"省长着急地问。

"时间将反演。"丁仪回答。

"……反演？"省长迷惑地望望台长，又望望丁仪。

"时光倒流。"台长简短地解释。

这时，巨型屏幕修好了，壮丽的宇宙出现在大家面前。为了使坍缩的出现更为直观，太空望远镜发回的图像由计算机进行了处理，所有的恒星和星系发出的光都呈红色，象征着目前膨胀中的宇宙的红移。当坍缩开始时，它们将同时变为蓝色，屏幕的一角显示着蓝移出现的倒计时：150 秒。

　　"我们的时间随宇宙膨胀了一百多亿年，但现在，这膨胀的时间只剩不到三分钟了。之后，时间将随宇宙坍缩而倒流。"丁仪走到木然的台长面前，指指摔碎的星图盘，"不必为这件古物而痛心，蓝移出现后不久，碎片就会重新复原，它会回到陈列柜中去；多少年以后，回到土中深埋；再过更长的时间，它将回到燃烧的窑中，然后作为一团潮泥回到那位上古天文学家的手中……"他走到那位年轻的女工程师身边，"也不要为你的父亲悲伤，他将很快复活，你们很快就会见面。如果父亲对你很重要，你应该感到安慰，因为在坍缩的宇宙中，他比你长寿，他将看着你作为婴儿离开这个世界。是的，我们这些老人都刚刚踏上人生旅途，而你们这些年轻人则已近暮年，或是幼年。"他又走到省长面前，"如果长江的洪水过去没有在你的任期内越出江堤，那未来也永远不会，因为坍缩宇宙中的未来就是膨胀宇宙中的过去。最大的险情要到 1954 年才会出现，但那时你不过幼年，便不是你的责任了。我们所知道的时间只剩下一分钟了，现在无论做什么，都不会对将来产生后果。大家可以做各自喜欢的事情而不必顾虑将来。在这个时间里，已经没有将来了。至于我，我现在只是干我喜欢但以前由于气管炎而不能干的一件小事。"丁仪又用大烟斗从口袋里挖了一锅烟丝点上，悠然地抽了起来。

蓝移倒计时 50 秒。

"这不可能！"省长叫道，"从逻辑上讲，这说不通，时间反演？一切都将反过来进行，难道我们倒着说话吗？这太难以想象了！"

"你会适应的。"

蓝移倒计时 40 秒。

"也就是说，以后的一切都是重复？那历史和人生将变得多么乏味！"

"不会的，你将在另一个时间里。现在的过去将是你的未来，我们现在就在蓝移发生时的未来里。你不可能记住未来。蓝移开始时，你的未来一片空白。对它，你什么都不记得，什么都不知道。"

蓝移倒计时 20 秒。

"这不可能！"

"你将会发现，从老年走向幼年、从成熟走向幼稚是多么合理，多么理所当然。如果有人谈起时间还有另一个流向，你会认为他是痴人说梦。快了，还有十几秒。十几秒后，宇宙将通过一个时间奇点。在那一点，时间不复存在。然后，我们将进入坍缩宇宙。"

蓝移倒计时 8 秒。

"这不可能！真的不可能！"

"没关系，6 秒钟后你就会知道的。"

蓝移倒计时 5 秒，4，3，2，1，0。

宇宙由使人烦躁的红色变为空洞的白色……

……时间奇点……

……宇宙变为宁静美丽的蓝色，蓝移开始了，坍缩开始了。

……

了始开缩坍，了始开移蓝，色蓝的丽美静宁为变宙宇……

……点奇间时……

……色白的洞空为变色红的躁烦人使由宙宇

0，1，2，3，4，秒 5 时计倒移蓝

……

七重外壳 /王晋康

刺不穿的虚拟世界

1997 年 8 月 23 日，小甘和姐夫乘坐中航波音 747 客机到达旧金山。姐夫斯托恩·吴，中文名叫吴中，他自己买的是单程机票，给甘又明买的却是往返机票，因为小甘必须在七天后返回北京，去上他的大学三年级课程。

在旧金山，他们没出机场，直接坐上了西方航空公司去休斯敦的麦道飞机。抵达这座航天城时，外面已是万家灯火了。高速公路上的车灯组成流动跳荡、明亮万分的光网，城市的灯光照彻夜空，把这座新兴城市映成了一个透明的巨大星团。飞机开始下降，耳朵里嗡嗡作响，那个巨大的星团开始分解出异彩纷呈的霓虹灯光；直到这时，甘又明才相信自己真的到了美国。

下了飞机，他们乘坐地下有轨电车来到一个停车场。吴中找到自己那辆银灰色的汽车，用遥控器打开车门。十分钟后，他们已来到高速公路上。吴中扳动一个开关后便松开方向盘，从随身皮包里取出一个小巧的办公机，开始同基地联络。

"我在为你办理进基地的手续。"他简短地说。

甘又明惊讶地看着无人驾驶的汽车在高速公路上疾驶。路上，除了对面的汽车唰唰地掠过之外，百里路面见不到一个行人和警察。在这条机械洪流中，甘又明真正体会到为什么"汽车人"在美国的动画片中大行其道。当他们的汽车与前边汽车的车距太小时，甘又明心中忐忑不已。

斯托恩·吴猜到了他的心思，从办公机上抬起头，平淡地说："放心，它有最先进的防撞功能。"

甘问："它是卫星导航？我见资料上介绍过，说这种自动驾驶方式是下个世纪的技术。"

姐夫微微一笑："国内的资料常常有五至十年的滞后期。我带你去的 B 基地又是美国最超前的地方。你在那儿可以看到许多科幻性的技术，它可以说是 21 世纪科技社会的一个预展，比如这辆汽车，你知道它是什么动力的吗？"

如果不是姐夫问，他还真没想过这个问题。他看看汽车，外形和汽油车没什么区别，车速表上的指针已超过了二百一十英里，汽车却行驶得异常平稳。他猜道："从外形看，当然不是太阳能汽车，是高能电池的电动汽车？氢氧电池的电动汽车？高容量储氢金属的氢动力汽车？在我的印象中，这些都是公元 2000 年以后的未来汽车。"

斯托恩·吴摇摇头："都不是。这辆汽车由惯性能驱动，它装备有十二个像普通汽车汽缸大小的飞轮，秒速三十万转，所以储能量很大，充电一次可以行驶一千公里。飞轮悬浮在一个超导体形成的巨大磁场内，基本没有摩擦损失，惯性能在受控状态下可逐步转化为电能。这是代替汽油车的多种方案之一，但还不一定是最好的方案。"

甘又明晒笑着："也许，B 基地里还有能给植物授粉的微型昆虫机器？有克隆人？有光弧粒子通信？有激光驱动的宇宙飞船？"

斯托恩·吴扭头看他一眼，平静地说："没错，除了激光驱动的宇宙飞船还限于'后理论'研究外，其他的都已开始小规模地试用。"

这之后他就不再说话，在自己的办公机上专心致志地办公。甘又明不由得再次暗暗打量他的侧影。他的相貌平常，身体比较单薄，大脑门，犹如女性般的纤纤十指在电脑键盘上翻飞自如，时而停下，在屏幕上迅速浏览从基地发来的数据。

如鱼得水。甘又明的脑子里老是重复这几个字，这个文弱青年在科技社会里真是如鱼得水，难怪姐姐是那样爱他、崇拜他。这种人正是 21 世纪的弄潮儿，在女性心目中，他们已代替了那些筋腱凸出的西部牛仔英雄。

七天前，三十四岁的斯托恩·吴突然飞回国内，第三天就同三十一岁的星子举行了婚礼。婚礼上，新娘满脸的幸福，新郎却像机器人一样冷静。

　　刚从老家返校的甘又明借着三分酒气，对姐夫说："谢天谢地，我姐姐苦苦等了八年，你总算从电脑网络里走出来了。你知道吗？在很长时间里，我认为你已经非物质化了，或者只剩下一个脑袋，还泡在美国某个实验室的营养液中。"

　　斯托恩·吴平静宽厚地笑笑，同小舅子碰碰杯，一饮而尽。甘又明对他一直非常不满，甚至可以说是抱有敌意。八年来，至少是从他考进某知名高校计算机系的三年来，他极少在姐姐那儿听到吴的消息，最多不过是在网上发来几句问候。甘又明曾刻薄地对姐姐说："你的未婚夫是吴先生，还是一个 ZHW @ 07.BX.US 的网络地址？别傻了，那个人如果不是早已变心，就是变成了没有性别程序的机器人。"

　　姐姐总是笑："他太忙，现在是美国 B 基地虚拟实验室的负责人。"

　　即使婚礼过后，甘又明仍对姐夫深怀不满。客人走后，他悻悻地对姐姐说："他为什么不接你去美国？这位上了世界名人录、名列美国二十位最杰出青年科学家的吴先生养不活你吗？姐姐，我担心他在那边有了十七八个情人，甚至已成了家。用不用我再提醒一次，那个国度既是高科技的伊甸园，又是一个世界末日般的罪恶渊薮？"

星子已听惯了弟弟的刻薄话，她笑着说："你不是说他是没有性别的机器人吗？这种机器人是不需要情人的。"

"那他为什么不接你去美国？"

"他说这儿有他的根，有他童年的根，人生的根。他说当自己在光怪陆离的科技社会里迷失本性时，便需要回来寻找信仰的支撑点，就像古希腊神话里的英雄安泰需要地母的滋养。"她在复述这些话时，脸上洋溢着圣洁的光辉。

甘又明禁不住喊了起来："姐姐呀，你真是天下最痴情最愚蠢的女人！这都是言情小说中的鬼话，你怎么也能当真！"他看看表，9时40分，到了科技影视长廊的时间，这个时间他是雷打不动要看节目的。他打开电视机，嘟囔道："反正我把该说的都说了，到时你莫怪我。"

那晚的科技影视节目是《电脑鱼缸》——正是它促成了他的美国之行。"电脑鱼缸"是一种微型仿真系统，电脑中储存了几百种鱼类图像，你只要任意挑选几种，按下确认钮，它们就开始在屏幕上遨游；每秒四十八帧的画面，比电影快一倍，所以看上去甚至比真鱼还逼真。不仅如此，这些鱼还会生长，会弱肉强食，会求偶决斗，会因鱼食的多寡而变肥变瘦。雌雄配对完全是随机的，一旦某对夫妻结合，它们的后代就兼具父母的基因，因而兼具父母特有的形态习性。一句话，这个鱼缸完完全全是一个鱼类社会的缩影，但只是虚拟状态的。

新婚夫妇来到客厅时，甘又明正在击节称赞："太奇妙了，太奇妙了！"每次看到类似的节目，他常有"浮一大白"的快感。这会儿，他完全忘却了对姐夫的敌意，兴致勃勃地对他说："很巧妙的构思。如果把节奏加快——这对于电脑是再容易不过了——是否可以在几分钟内预演鱼类几千万年的进化？甚至还可以把主角换成人，来模拟人类社会的进化。比如说模拟第三次世界大战的进程，把所有的社会矛盾、各国军力、民族情绪、宗教冲突、各国领导人的心理素质等输进一个超级虚拟系统，推演出二三十种战争进程，我想它对军事统帅的决策一定大有裨益。"

吴中看了甘又明一眼，他发现这个大三学生的思维比较活跃，不免对这位小舅子产生了兴趣。他坐到甘又明的面前，简洁地说："你说得不错，这正是虚拟技术的诸多用途之一。不过，这个电脑鱼缸太小儿科了，我们的技术早已超过了它，远远超过了它。"

甘又明好奇地问："发展到什么程度了？能否给我讲讲，如果不涉及贵国利益的话。"他有意把"贵国"两个字说得重了些。

吴中笑笑，接过妻子递来的两杯咖啡，递给小舅子一杯，然后说："我想你已知道，在虚拟技术中，人也可以'进入'虚拟世界。"

"对，通过目镜和棘刺手套，人可以进入电脑鱼缸和鱼儿嬉戏。"

吴中摇摇头："那是二十年前的老古董了。我们现在使用的是一种被称作'外壳'（SHELL）的中介物，通过它，人可以完全真实地融入虚拟世界。我们的技术已发展到这种程度：进入虚拟系统的某人，如果没有系统外的帮助就无法辨别出所处环境的真假，正像一个密闭飞船里的乘员，若没有系统外的参照物，就无法确认自己是否在运动。"

甘又明笑嘻嘻地说："那个'某人'是否服用了迷幻药——科克、快克、哈希什？"

吴中看看他，心平气和地说："没有。"

甘又明大笑起来："那你就有点儿吹牛了！我想，一个神智健全、头脑清醒的人，肯定能从虚拟环境中找出破绽来！"

吴中冷冷地说："说几句俏皮话很容易，不过，献身科学的人一般都已经摒弃了这种爱好。你想向我的虚拟技术发起挑战吗？"

甘又明两眼发光，跃跃欲试地说："这可搔到我的痒处了！我天生喜欢这样的智力体操，从小至今，乐此不疲。不过，我恐怕暂时去不了美国吧？"

吴中笑了笑，对妻子说："我给他安排一次为期七天的短期访问，不耽误他回校上课。"

甘又明很快领教到了姐夫的地位和能力。三天后，吴中告别新婚妻子，匆匆返回美国时，甘又明也揣着一张往返机票、一份特别签证坐进了一千美元的特等舱里，享受着空姐的微笑和茶几上的新鲜水果。

一条公路沿着海滩穿行，再往前是广阔的滩涂。这儿人烟稀少，雪亮的灯光刺破夜色，展现出一个茂密安静的绿色世界。自然的蛮荒和嵌入其中的现代化建筑相映成趣。天光甫亮，他们便赶到了一个营地。营地占地不大，在做工粗糙的铁栅栏里面散布着十几座平房。虽然途中已经联系过，但警卫没有收到对甘又明放行的命令。吴中面色不悦，拿起内线电话，语速很快地说了一通。甘又明的英语水平自然可以听懂他们的谈话。

吴说："我与贵国政府签订了合同，我自然会恪守它，包括其中的保密条款。实际上，只要这次我回国七天而未泄密，你就不必担心了。"从这几句话中，甘又明听出了他的傲气。

他还在电话中说："实际上，这位中国青年是作为临时雇员来到基地的。你知道我们一直在招募、挑选那些最有天资的美国青年，让他们去寻找虚拟世界的漏洞，以求改进设计。成功者还有一万元的奖金。这位甘先生也是一个很合适的人选，他思维灵活，天生是个怀疑派，而且是在另一个完全不同的文化背景中长大的。

我们的技术只有经过不同文化背景的人士的检验，才是万无一失的。当然，甘先生没有经过例行的安全甄别，但我的话是否可以作为担保呢？"

对方显然犹豫了片刻，然后又和他交谈了几句，吴中笑道："谢谢，我会记住你的这次人情。"

他把话筒递给警卫，警卫听完后殷勤地说："头儿说，对两位先生免除一切检查。我送你们过去。"

现在，一条巨大的圆形管道展现在他们面前。吴中按动一个电钮，一道密封门缓缓打开。他们走进一节圆筒状的车厢，车厢内相当豪华，摆着四只真皮转角沙发。吴中同仅有的两名乘客打了招呼，安顿甘又明坐下，打开酒柜门，问："喝点什么，威士忌、橙汁、咖啡？"

"橙汁吧！"

吴中倒橙汁时，车非常平稳地启动了。当看到杯中的橙汁向后倾斜时，甘又明才察觉到车厢在加速。他透过窗户向外望去，看到飞速后掠的旷野，一群海鸟在眼前飞过，随即甩在车后。但他敏锐地发现，所谓窗户只是一幅液晶屏幕上的仿真画面。他笑着用手敲敲假窗户，"也是虚拟的？"

吴中微笑着说："你的感觉很敏锐。这种管道是全封闭的，它是一种饱和的蒸汽管道。车厢行进时，前方蒸汽迅速凝为水滴，车厢经过后又迅速汽化，所以几乎没有空气阻力，可以达到二马赫的高速。磁悬浮和驱动，让它成为一种效率极高的运输方式，相信在下一个世纪中叶，它将很可能代替火车。当然啦，因为是封闭环境，旅客容易感到压抑郁闷，所以我们搞了这些仿真窗户。"

磁悬浮车已达到最高速度，正保持无声疾驶，窗外景物的后掠也越来越快。按方位和地图推算，这时头顶已是浅海了。

吴中严肃地说："还有十分钟的时间。我想简单地介绍一下我们的虚拟技术，希望你不要过于轻敌。像你这样的青年志愿者我们已接待过上千人次，只有六个人挣到了奖金。此后，我们堵住了所有的漏洞，再没人能挣到这笔钱了。我很希望你能成为第七个成功者，但首先你要彻底清除你的轻敌思想。"

吴中略微沉吟，又平和地说："你要知道，人在一个封闭系统中时很难对自身所处环境做出客观的判断。当宇宙飞船达到光速时，时间速率就会降为零，但光速飞船内的乘员感觉不到这个变化，仍然认为自己是在正常地吃饭、谈话、睡眠、衰老。再比如，我们说宇宙在膨胀，也能用光线的红移来测出膨胀速率。但这种膨胀只是天体距离的膨胀，天体本身并未膨胀。如果所有天体连同观察者本身也在同步膨胀，我们又能拿什么不变的尺度来确认宇宙的膨胀呢？绝无可能。"

甘又明笑道:"我信服你的理论,但进入虚拟环境中的人并未完全封闭,至少他们的思维是在虚拟系统之外形成的,自然带着它的惯性。我完全可以以这种惯性作为参照物来判断环境的真实性,就像刚才用水面的倾斜来判断车辆是否加速。"

吴中凝眸看着他,良久才笑道:"我没有看错你,你的思维确实非常敏捷,一下子抓到了关键。但请你相信,我们也不是笨蛋。我们已能把受试者的思维取出,并即时地反馈到虚拟环境中去。比如说,尽管我们的虚拟系统与全球信息网络相通,可以随时汲取几乎无限的信息,但它肯定不能囊括你的个人记忆:你母亲二十年前的容貌,你孩提时住的房舍,童年时的游戏,你对某位女同学的隐秘情愫,等等。但是,"他强调道,"凡是你在自己的记忆库中能提取到的东西,立即会被天衣无缝地织进虚拟环境中,所以你仍然没有一个可供辨别的基准。"

甘又明微笑不言,对自己的智力仍然充满信心。吴中也不再赘言,简洁地说:"我的话已经完了,你记着,我们将让你在虚拟世界中跳进跳出,反复试验。何时你确认自己已回到真实世界中,就向我发一个信号。如果你的判断是正确的,你就会揣着一万美元回国。"他又加了一句,"不要轻敌,小伙子。喏,已经到站了,下车吧!"

他们在地下甬道里走了一段路，碰到的工作人员都尊敬地向吴中致意，这使甘又明又一次掂出姐夫在这儿的分量。他们来到一座空旷的大厅，四周是天蓝色的墙壁和屋顶，浑然一体，大厅中央有两把测试椅。这座大厅不算豪华，但做工十分精致，每一处墙角，每一寸地板，都像象牙雕刻一般光滑严密，毫无瑕疵。

吴中拿上一个遥控器，带甘又明来到大厅中间，说："先让你对虚拟世界有一个感性认识。让你看看哪种环境呢？"他略微思考了一下，"你先看看我们的电脑鱼缸吧。"

他按动电钮，大厅中瞬间充满了清澈的海水，珊瑚礁壁立千尺，有的呈伞状，有的呈蘑菇状。一只一米长的蛤蜊垂直嵌在珊瑚里，半露的身体犹如彩色的丝绒；还有螯虾、五条手臂的星鱼、漂亮的石斑鱼。突然，前边冒出一只巨大的八足章鱼，它的小眼睛阴森地盯着前边，诡异地缓缓爬过。甘又明本能地蜷起身子，但章鱼熟视无睹，径直从他的身体中穿过，消失在幽蓝的深海中。

甘又明喘了口气，笑问："激光全息仿真技术？确实可以乱真。"

吴中点点头，按一下快进，眼前又立刻变成深海海底中的景色：火山口冒着浓烟，就像地狱中的烟囱。两米长的蠕虫在海水里轻轻摇动着，血红色的羽状触手缓慢地开合；熔岩上铺着一层细菌，犹如白色的地毯。一只奇形怪状的细菌蟹贪婪地一路吃过去，有时还去啃食蠕虫的肉质羽毛。这是加拉帕戈斯群岛海底依靠硫化氢为生的太古生物群。甘又明看呆了，虽然他明知这是个虚拟世界，但似乎仍能感觉到那深海海水的阴冷和沉重。

忽然，幻觉在刹那间消失得干干净净。甘又明一时跳不出视觉的惯性，呆愣愣地立在那儿。

吴中淡淡地说："这只是虚拟技术的开场锣鼓。下面我要为你套上所谓的外壳，使你与虚拟环境融为一体。跟我走。"

他们走进大厅旁的一间屋子。甘又明第一眼就看到一个光头女性，几个工作人员正在它周围忙着。看见他们进来，那个人体模型竟然也扭过头来——原来是一个真人！

甘又明傻望着这个脑门锃亮的裸体姑娘，自我解嘲地说："我已经进了虚拟世界？这个一丝不挂、毫无羞耻的漂亮姑娘到底是真是假？"

吴中微笑着，没有接腔。几个工作人员开始小心翼翼地为那个姑娘套上"外壳"，那是一件色泽纯白、很薄很柔的连体服。她蹬好双腿后，工作人员小心地展平外壳，使上面的神经传感乳头与她的身体完全贴合。吴中低声解释，这些乳头将把虚拟信号传到相应的感觉神经，比如你"踩"上火炭时，脚底神经就送去烧灼感的信号。外壳已套到肩部，只有头盔还未戴上，它比较笨重，与黑色的目镜相连。

姑娘在套上头盔前微笑道："我叫琼，琼·比斯特。很高兴做你的向导。"

甘又明疑惑地看着吴中，吴中点点头："对，这是你在虚拟世界里的向导，心理学和逻辑学博士，会三国语言，包括汉语。需要了解什么信息尽管问她。但她是完全超脱态的，绝不会帮助你做出判断。现在请你脱光衣服，剃光头发。"

一台自动理发机无声地移了过来，几秒钟内就把他变成了脑门锃亮的和尚。工作人员为他穿上一件洁白的衣服。这种衣服又薄又柔，弹性极好，穿在身上几乎变成了自己的皮肤。他和琼来到大厅，面对面坐在两把椅子上。甘又明听见送话器中吴中用英语说："虚拟系统即将启动，请你睁大眼睛寻找它的漏洞吧！你想从哪儿开始？是海洋、太空，还是台风眼之中？我们都可以为你办到。"

甘又明稍稍想了一会儿，说："还是从海水中开始吧，既然这一切都是由那个电脑鱼缸所引发。而且，我没有告诉你，我是北京高校百米自由泳纪录保持者。"

吴中对着屏幕笑了笑："在虚拟世界里，不会游泳并不是一个问题，电脑很容易为主人公加上令人信服的校正。不过，就按你的意思办吧！现在我要按电钮了。”

甘又明在刹那间被抛入水中。他看见自己和那位琼姑娘都穿着潜水衣，身后背着两个小小的黄色氧气瓶。他用力浮上水面，透过面罩远眺，海面十分广阔，只有后方隐约可见一线海岸。他甚至能感到海水的浮力和温暖，海浪轻轻地推揉着他，他在水中做了几个滚翻，他的前庭器官感觉纤毛依旧精确地给出重力变化的方向。他知道这些都是假象，他身上穿的是白色的SHELL（壳），而不是黑色的潜水服，他是坐在空旷的大厅里，而不是在水中。但由那件外壳传递给他的视觉、听觉和触觉实在太逼真了，使人没办法不相信。

他取下头盔——他真的感觉到把头盔取下了，就能呼吸到海面上略带咸味的空气，感觉到清凉的微风。琼从他旁边冒出来，甩着水珠。他喊道：“琼！这儿是什么地方？”他笑着有意强调，“或者说，这模拟的是什么地方？”

琼也取下了头盔，抖抖长发。她的长发如瀑布般散落，发出耀眼的金黄，这和他记忆中的光头姑娘形成强烈的反差。他随口问道：“这是你的真实形象吗？”

琼奇怪地问：“你说什么？”

“你在剃光头发进入虚拟世界之前，就是这个模样吗？”

琼笑了笑，只回答了他的第一个问题："我想这儿就在我们基地上方，这儿是阿查法拉亚湾附近海面，离墨西哥不远。近年来，这儿的贩毒活动很猖獗。"

不远处的海面上有一艘快艇，上面没有人——按照虚拟系统的逻辑，这当然是他们带来的。他忽然看见南边海面上出现了一个三角形的背鳍，划破水面后迅速逼近，他惊慌地喊道："鲨鱼！"

琼挺直身子看了看，笑道："不要慌，那是海豚。"

他们戴上面罩潜入水中，果然看到十几只海豚。它们的皮肤是鸽灰色的，十分光滑，嘴里有整齐的白牙，呼哧呼哧地喘息着，喷水孔一张一合。它们排着队向西北方向游去，很快便掠过两人。甘又明甚至感觉到了海豚所搅起的湍流。他兴致勃勃地追了过去，扭头笑道："琼，如果是在虚拟世界里被鲨鱼吃掉，会是什么后果？"

"你当然不会真的死去，但系统会'死机'，只能重新进行冷启动。另外，你会真的感受到鲨鱼用利齿咬住身体的痛苦。所以，我劝你不要尝试。"

在那群海豚之后，甘又明忽然又发现两只。它们的体型相当大，在飞速游动中严格保持着相对方位。当海豚靠近时，甘又明发现它们身上套着挽具，身后拖着一个流线型的容器，他大声喊："看哪，海豚邮递员！"

　　琼在水下通话器中听到了他的喊声，她也看到了那对海豚，它们像是受过严格训练的军马，目不斜视，以极快的速度掠过他们。琼饶有趣味地说："我看到一些资料，说军方在着力培训海豚代替蛙人，让它们咬断敌方的通信电缆，或者给深海作业的潜水员递送工具。噢，对了，听说贩毒集团也开始利用海豚和信鸽越境贩毒，这是最廉价又最难发现的方法。"

　　甘又明似笑非笑地看着她，他想琼的这几句话一定是预定情节中的台词。他嬉笑道："要不，咱们追过去？"

　　"好的。"

　　他们迅速爬上快艇，瞅准那片背鳍追了过去。海豚的速度很快，甘又明看看速度表，已超过每小时二十海里。好在海豚必须浮上水面换气，所以他们一直没拉开距离。马上就到岸边了，前边有一个狭长的海岛，海岸警备队的快艇远远地向他们驶来。那两只海豚忽然昂起头——甘又明本能地感觉到它们做完这次深呼吸，便会潜入水中，倏然不见。琼着急地说："恐怕它们不会再浮出水面了，下水追踪吧！"

　　两人迅即下水，只听海岸警备队快艇上有喊叫声，似乎是在命令他们待在船上听候检查，但两人都没理会。海豚的速度很快，没一会儿就失去踪影了。两人在岸边的红树林和乱石中徒劳地寻找了十几分钟，终于失望了。琼懊丧地说："找不到了，回航吧！"

就在这时，甘又明忽然发现前边有一个狭窄的洞口。那两只海豚正一前一后地从洞口钻出来，径直向大海游去。它们身上已没有了挽具和那个流线型的物体，但他分明觉得它们就是原来那两只。从它们从容不迫的神情看，似乎已经完成了邮递任务。甘又明拉着琼游近观察，洞穴非常幽深。他问琼："进洞看看？"

琼犹豫着，甘又明鼓动道："不会有危险的。海豚都能游进去又能游出来，何况带着氧气瓶的我们。"他笑着补充，"更何况只是虚拟世界。"

"好吧。"

两人把面罩戴上，费力地钻进洞穴。进口相当狭小，但里面越来越宽，也越来越暗。他们继续前行，大约两千米后，前边出现了暗蓝色的微光。再往前游一会儿，海水逐渐变成清澈的天蓝色，浮光摇曳，色彩斑斓的各种鱼儿在蓝光中遨游。

琼惊喜地说："太美啦，我在这儿当向导已经五年了，一直没发现这个神奇的蓝洞。"

蓝光逐渐变淡，两人同时钻出水面，摘下面罩，好奇地打量着。这儿很像一个天井，水面离岸有几米高，头顶上方仍然是岩顶，岩洞四周卧着两三幢小房子。

忽然有人高喊："水下有人！"随即响起凄厉的警报声，十几个人一下子冒了出来，从岩边探下身，端着枪向他们瞄准。

两人知道这儿不是说理的地方，迅速戴上头盔，一个鱼跃，疾速地向水下潜去。后边如开锅一样，无数子弹搅着海水。琼在通话器中气喘吁吁地说："一定是贩毒分子！否则不会不问情由就开枪！我们赶快返回！"

他们尽力向来路游去。眼看快到洞口了，忽然"唰啦"一声，一个秘密栅栏门从洞壁上伸出，将洞口封得严严实实。甘又明用力摇晃，粗如人臂的铁栅栏纹丝不动。琼惊惶地喊："后边！他们追来了！"

十几个蛙人已经悄无声息地游了过来，他们手中的长矛和弩箭闪闪发亮，犹如鲨鱼口中的利齿。他们透过面罩阴森森地盯着两人，慢慢把包围圈缩小。

在这生死关头，甘又明忽然长笑一声，大声喊道："暂停！吴先生，场上队员要求暂停！"

眼前的景象呼啦一下子消失了，甘又明和琼仍坐在椅子上。甘又明抬起胳膊想摘掉头盔，两个工作人员急忙过来帮助他。头盔取下后，面前仍是那间空旷的大厅，两人仍穿着那件白色的外壳。他大笑着站起身："太奇妙了，太逼真了！我虽然明知道它是假的，但却看不出一丝破绽。我能感觉到海水的波动、子弹的尖啸和死亡的恐惧。那个蓝汪汪的洞穴实在美极了，还有那两个海豚邮递员！吴先生，真难为你编出这么生动的情节。"

琼也取下了头盔，笑问："你在哪儿看出了破绽？"

甘又明微笑道："你不要拿我的智力开玩笑。这是个非常逼真的故事，可惜没有开头——我们是突然跌入海水中的。稍有逻辑判断力的大脑，自然能做出正确的结论。"

从控制室出来的吴中一直没有说话，笑着看他，这时才问了一句："什么蓝洞？"

甘又明惊奇地说："你是开玩笑吧，你构思的情节会不知道？"

吴中微微一笑："你太小觑我的系统了。告诉你，系统的信息来源是完全真实的，也几乎是无限的。但究竟把哪点信息用于这一次的虚拟环境——比如你在海水里看到的是海豚还是噬人鲨——却是完全随机的。电脑根据这些信息随机地进行构思，所以系统内的情节绝不会重复。"他开玩笑地说，"我说过，我一直不忍心把这套技术公开，我怕它砸了所有小说家、剧作家的饭碗。"

"那么，我们在虚拟世界里游逛时，你并不知道我们的经历？"

"当然可以知道，不过，我们一般懒得监视，你只是千百个普通试验者中的一个。"

这话使甘又明的自尊心颇受打击。他简要地讲了当时的情形，吴中似乎对海豚和蓝洞的情节很感兴趣，盯着问了几个问题。然后他说："今天到这儿结束。让琼陪你去逛逛美国吧！你已经只剩下六天了。"

甘又明点点头，从身上慢慢剥下那件白色的外壳，穿上自己的衣服。从外壳的禁锢中解脱出来，他顿时觉得十分轻松。

尽管通过电影、电视剧，甘又明对美国的夜生活已有所了解，但只有亲身置于夜总会的环境中，才能真切地感受到那种世纪末的气氛。大厅里光线幽暗，烟雾腾腾，紫色、蓝色、血红色的光柱一波波地扫过人群。高高的屋顶上垂下一架秋千，一个近乎裸体的妖艳女郎咯咯笑着，一下下地荡过人群。大厅正中是一个高台，一对身穿白色紧身衣的男女疯狂地扭动着，做出种种猥琐的动作，他们的紧身衣颇似 B 基地里的外壳。甘又明不由得想起裸体的琼套着外壳时的情形。他扭头端详琼，她今晚的打扮也很性感——裸露的肩头和脊背，身着短裙，双腿修长白皙。

两人找到位置坐下，甘又明问："喝点儿什么？"

"来杯威士忌。"

甘又明为自己要了三瓶矿泉水，一杯杯地往肚里灌。他解嘲地说："早就渴坏了。"

琼呷了几口威士忌，问："跳舞吗？我在等你邀请呢！"

甘又明说:"我去一趟洗手间。"挤过挨肩擦背的人群,他发现这儿的洗手间是男女合用的,便池各自独立,两名女子正对镜整妆。他拉开一间便池的门,忽然吃惊地后退一步,一个四十岁左右的黑人男子侧卧在便池上,眼睛像死鱼一样翻着,胳膊上的静脉血管插着一支注射器。

不用说,这是过量吸毒引起的猝死。那两名女子出门时也看到了尸体,但她们只漠然地扫了一眼,便若无其事地走了。甘又明厌恶地看着这个吸毒者,他一直生活在中国,对席卷全球的吸毒狂潮只有三个字的感受:不理解。他不理解竟然有数千万人屈服于这种诱惑,莫非末日审判的钟声已经敲响了?

他回到柜台前,向侍应生问清了报警电话,把电话拨通。警察局的值班人员听后回答:"谢谢,我们将在十分钟内赶到。请问你的名字,我们在哪儿可以找到你?"

"我叫甘又明,十分钟内不会离开这家夜总会,你可以到第七号餐桌前找我。"

回到桌旁,他看见座位已空,琼正同一个陌生男子跳舞,狂热地扭动着臀部和肩部。她的眼光仍留意着这边,见甘返回,向他做了一个抱歉的手势。甘又明向她摆摆手,坐到原位。

两个中年人忽然出现在他的面前,他们身着便衣,一个身材矮胖,手背上长满金色的软毛;另一个是瘦高个子,耳朵很大。矮个子彬彬有礼地问："你是中国来的甘又明先生？"

甘又明狐疑地看着两人："两位来得太快了吧，这不像是真实世界的速度。"他有意把这"真实"二字咬得特别重，"我报案才一分钟。再说，我在电话里并没说我是从中国来的呀？"

这下轮到那两人纳闷了："你说什么报案？"

"你们不是警察？"

"我们是联邦警察，"两人出示了证件，"我们是联邦调查局派驻 B 基地的警官汤姆和戈华德。但你说什么报案？"

听了甘的解释，大耳朵的戈华德警官匆匆去往洗手间处理那桩吸毒致死案。汤姆笑道："一场误会，我们是为另一件事来的，要占用你一点儿时间，你不会介意吧？"

"我不会介意，但我首先要确认自己是不是在梦中。"他笑着问，"请二位向我解释一下，你们是如何在一个远离 B 基地的繁华小镇一下子就找到了我，一个刚来美国的外国人？"

"很容易。我们知道琼经常来这儿玩儿，又在停车场发现了她的汽车。"

甘又明"噢"了一声，觉得自己多疑了。他说："那么请讲吧，什么事情我可以效劳？"

汤姆开门见山："听说你和琼无意中发现了一条贩毒通道？"

甘又明哑然失笑："先生，你是 B 基地的常驻警官，难道对他们的虚拟技术一点儿也不了解？对，我们是发现了一条通道，还差点儿丧了命。但那只是一个虚拟的故事。"

汤姆微笑着说："恐怕你本人还不了解虚拟技术。你是否知道，虚拟环境中所涉及的信息都是真实的，是从间谍卫星、水下拾音器、水下摄像机传输到电脑中的。海岸警备队在南部海岸线确实设有许多秘密摄像机，以便监督无孔不入的贩毒分子。所拍摄的数千英里长的胶片都经过电脑的处理，有用的资料被甄别出来，送往联邦缉毒署署长的办公桌。但是，电脑不是无所不能的，它也有可能漏掉很重要的一段，又偶然被组织进那次的虚拟环境中去。我们尚未在浩如烟海的背景资料中查到这一部分，为了稳妥，请你帮我们复查一下。这也是吴先生的意见。"

"现在就去？"

"越快越好。"

"好吧，"他把最后半瓶矿泉水灌进肚里，"需要琼一块儿去吗？"

"当然。"

甘又明把琼从舞池中唤回来，戈华德正好也返回了。甘又明说："我们走吧。"

琼迷惑地问："到哪儿？"

"上车再说吧，走。"

　　警用快艇上已经备好了四套轻便潜水服和水下照明灯。甘又明很有把握地说:"我想我会很快找到的。当时,我仔细记下了岸上的特征和水下岩石的特征。"

　　果然,不到一个小时,他已经在黝黑的水底找到了那个洞口,但洞口处却看不见栅栏。甘又明低声说:"就是这儿,不会错的。余下的工作由你们去做吧,我可不想再被关进这个捕鼠笼子里被人捅死。"

　　戈华德游近洞口察看,他略带怀疑地低声问:"是这儿吗?洞口处没有安装栅栏的痕迹呀。甘先生,琼小姐,请你们再辨认一下。"

　　甘又明不相信自己会弄错,他和琼游过去,一眼就看到两排小圆洞。他猛然惊醒,但不等他做出反应,两名警官忽然用力把他们向洞里推去,同时按下一个按钮,铁门"唰啦"一声合拢了,把两人关在了里面。

　　琼惊呼道:"上当了!他们一定和毒贩有勾结!"

　　两名警官在外面狞笑着:"聪明的姑娘,可惜你醒悟得晚了点儿。回头看看吧!"

　　后边唰地射来一道强光,两人本能地捂住双眼。等眼睛稍微适应了光亮,他们看到五六个蛙人正迅速逼近,手中的水手刀和水下步枪像鲨鱼的利齿。琼失声惊叫着,甘又明迅速地把她拉到身后。

但他知道这是徒劳的。蛙人正慢慢逼近，身后是坚固的栅栏，栅栏外面是虎视眈眈的敌人。甘又明用身体把琼压在栅栏上，忽然厉声喝道："汤姆警官，临死前我有一个要求！"

汤姆戏弄地说："请讲吧，我乐意做一个仁慈的行刑者。"

甘又明忽然笑起来，油头滑脑地说："我想撒泡尿。"

汤姆愣了一下，恶狠狠地说："我佩服你死到临头还有心情幽默，动手吧！"

几支长矛正要捅来，甘又明急忙高喊："暂停！吴哥，我要求暂停！"

两人又突然跌回现实中，他们仍坐在那两把椅子上，甘又明的双手还保持着篮球比赛的暂停动作。琼取下头盔，看着他的滑稽样子，"扑哧"一声笑了。

吴中从控制室走出来，微笑着问："你真是个机灵鬼，从哪儿看出了破绽？"

甘又明也取下头盔，笑嘻嘻地说："我是否可以不回答？我不想削弱自己取胜的机会。"但一分钟后他就忍不住了，笑道，"很简单，我在夜总会有意猛灌几瓶水，可是一小时后还不觉得膀胱憋胀。这可不符合常情。所以，我理所当然地得出结论：那几瓶水并没有真正灌进我的肚里，也就是说，我仍是在虚拟世界里。"

吴中忍不住大笑起来，琼和几名工作人员也笑个不停。吴中忍住笑说："你很聪明，用一泡尿戏弄了超级电脑。不过，我要给你一个忠告，实际上电脑里有尽善尽美的程序，可以根据你的进食或饮水等情况，及时发出饱胀感或憋尿感信号。这只是一次丢脸的疏忽，我再也不会让它出这样的纰漏了。现在你可以脱下外壳，让琼真的领你去看看美国社会。"

甘又明忽然想到一件事："顺便问一句，在这次的虚拟场景中，汤姆警官说的是真实情况吗？那个蓝洞真的有可能存在吗？"

"他说得不错。我的确在十分钟前向汤姆警官通报过这件事。"吴中笑着说，"而且，这两位警官也确实是你在虚拟环境中见过的尊容。既然身边有现成的模特儿，我何必舍近求远或凭空臆造呢？"

工作人员小心地帮他们脱下外壳。这种由银丝和碳纳米管混织而成的白色连体服是世界上最昂贵的衣服，甚至超过了每件价值三千万美元的太空服。甘又明斜睨着裸体的琼，咕哝道："我一定还没跳出虚拟世界。在真实世界里，我绝不敢这样坦然地看着一个姑娘的裸体。"

琼慢慢地穿着衣服，也一直在斜睨着他。琼的脑袋泛着青光。

甘又明受不了她的目光，尴尬地说："你为什么一直盯着我？想和我比一比谁的脑袋更亮吗？"

琼含笑不语，突然说："谢谢，甘，谢谢你。"

"为什么？"

"谢谢你在危急关头总是把我掩到身后。纵然只是在虚拟世界里，也能看出你的骑士风度。"她稍停了一下，又加了一句，"我希望能有机会给予你回报。"

甘又明笑嘻嘻地说："你上当了，那时我已经判断出我们是在虚拟环境中，乐得冒充一下好汉。"

琼摇摇头说："你何必装得比实际上坏呢？"

甘又明有点儿尴尬，忽然笑道："你愿意回报吗？现在就可以。"

琼误解了他的意思，吃惊地说："现在？在这儿？"

甘又明把赤裸的左臂伸了过去："喂，咬上一口，狠狠咬上一口。这就是你的回报。"

琼迷惑地笑道："你怎么啦？"

"老实说，我对这种虚拟世界已经心怀畏惧了。刚才，我分明感受到自己已经脱下了外壳，可是实际上它仍然紧紧地箍着我。现在我又把它脱下了，谁知这回是真是假？你咬我一口，看我知道疼不，用力咬！"

琼笑着，真的用力咬了一口。甘又明疼得大叫一声，低头看看，胳膊上出现四个深深的牙印，略有出血。

甘又明笑道："好，好，这下子我真的脱下那层外壳了。你说对吗，琼？"

琼含笑不语。甘又明苦笑道："我知道你只能做一个超然的向导，不会帮我做出判断。我也知道自己是自我安慰。即使这会儿外壳仍套在身上，也同样能造出这样逼真的痛觉和视觉效果。"他把琼的手臂拉过来，用手摩挲着。这个女孩的皮肤光滑柔软，滑腻如丝，他感到有一种麻麻的电击感，"真希望我现在触摸到的是真正的你，而不是那种比真实还要真实的虚拟效果。"

琼被他话中蕴含的情意所感动，轻轻握住他的手。突然，甘又明的目光变冷了，他紧盯着琼的臂弯，那白皙的皮肤上有两个黑色的针孔，那分明是静脉注射毒品的痕迹。他没再说话，默然穿上衣服，走出了大厅。

琼自然感觉到了他突然的冷淡，走出大厅后说："愿意逛逛夜总会吗？"

甘又明客气地说："不，谢谢。我今天累了，想早点休息。"

琼抬起头说："请到我的公寓里坐一会儿，好吗？我住在基地外的一所公寓里，离这儿不远。"

甘又明犹豫着，他不忍心断然拒绝琼的邀请，他知道琼是想对他做一番解释。他迟疑地说:"好吧!"

琼驾着汽车开了大约十五分钟,前边又出现了辉煌的灯火。琼放慢车速,开进这个小镇。她告诉甘又明:"基地的男人们在周末常到这里寻欢作乐。"

街道很窄,勉强可容两辆车交错行驶。琼耐心地在人群中穿行。左边一个白人男子在大声吆喝着,对过往车辆做着手势。他头上的霓虹女郎慢慢地脱着最后一件衣服。琼告诉他,这里面是表演脱衣舞的地方,老板和演员都是法国人。甘又明瞥见几个年轻人聚在街角唧唧咕咕,有黑人也有白人,他们的头发大都染成了火红色,留着爆炸式的发型。琼告诉他,这是吸毒者和毒品小贩在做生意,对这些零星的贩毒,警方是管不过来的。忽然,一个人头出现在他们的车窗旁,这是一个眉清目秀的白人青年男子,但他戴着耳环,嘴唇涂着淡色唇膏,对着车内一个劲儿地搔首弄姿。甘又明知道这是一个同性恋者,厌恶地扭过了头。

汽车终于穿过了这里,甘又明觉得汽车似乎又掉头开了一会儿,停在一幢整洁的公寓楼外。几个小孩儿在绿草坪上骑着自行车,暮色苍茫中,只听他们在兴奋地尖叫。琼掏出磁卡打开院门,停好汽车,又用磁卡打开公寓门。

公寓很大,也很静,只洗衣房里有一个女佣在洗衣。琼把他安顿到客厅，告诉他，公寓里的客厅、洗衣房、健身房是公用的，这里住客很少，几个护士又常上夜班，所以今晚只剩下她一个人。

她端来两杯咖啡，坐在他对面的沙发上，笑问："今天我有意绕了一段路。有什么观感吗？"

甘又明沉吟一会儿，说道："只看了一眼，说不上什么观感。我对美国的感情是很矛盾的：一方面，我非常敬慕美国的科技，羡慕美国人在思想上永葆青春的活力，常常觉得美国的精英社会已经提前跨入了 21 世纪；另一方面，我又非常厌恶美国社会中道德和人性的沦丧：吸毒、纵欲……简直是世界末日的景象。这种堕落是不是和高科技密不可分？因为科学无情地粉碎了人类对自然的敬畏，对生命的敬畏。如果美国的今天就是其他国家的明天，那就太令人灰心了！"

琼沉默了很久，冷淡地说："不必那么偏激吧！"

甘又明冷笑道："据统计，美国全国服用过一次以上毒品的有六千六百万人！对了，中国清末的嗜食鸦片，正是满口仁义道德的西方人一手造成的。现在他们的子孙吸毒成癖，也许是冥冥中的报应！"

琼久久不语，一股敌意在屋内弥漫。很久之后，琼走过来坐在甘又明旁边，握住他的手说："请原谅，我并不想冒犯你。坦率地讲，从一见面我就很喜欢你，你的质朴是不多见的。我不瞒你，我确实偶尔也服用毒品，这在美国是很普遍的事。不过，我知道你在以礼仪著称的国度长大，对此一定很反感。如果……我答应你从此戒掉毒品呢？"

甘又明听出她话中的情意，很感动，但他最终选择用玩笑来应付："那首先要确定我自己是否仍在虚拟环境中。谁知道呢，也许你是假的，我也是假的，你身上的针孔连同这会儿说的话都是假的。怎么样，能不能在这上面偷偷帮我一点儿忙？"

琼笑了："我不能违反自己的职业道德。"

甘又明笑着站起身，琼却没有起身，微笑道："你可以不走的。"她补充道，"你可以睡沙发，或者我为你另开一间。"

"不，我还是走吧，我怕抵挡不住诱惑。"

两人都笑了。甘又明又说："你不必送我，我可以叫一辆出租车。"

"不，还是我送你吧！"

两人刚打开房门，两个警察便冲了进来，把两人挤靠在墙上，他们出示了证件："警察！请退回房中去！"警察把两人逼回客厅，甘又明立即认出这正是在虚拟世界里见过的汤姆和戈华德。

汤姆冷冷地说："琼小姐，据线人说你屋里藏了大量毒品，我们奉命搜查。"

琼和甘又明吃惊地面面相觑，琼说："不，我从来没有藏过毒品！"

汤姆用力扳过她的胳膊，厌恶地说："那么，这些针孔是怎么回事？"他不再理会琼，径自进卧室去搜查。十分钟后，他提着两袋白色药品走了出来，怒气冲冲地说："是高纯度的快克，足有两公斤！"

琼非常震惊，瞪大眼睛盯着他手中的药品，忽然愤怒地嚷道："这是栽赃！这两袋毒品一定是你刚放进去的！"汤姆走过来，狠狠地抽了她一耳光，鲜血从她嘴角流了出来。

她又转身对甘又明说："请你相信我，他们一定是栽赃，一定是为了那个蓝洞报复我！"

戈华德好奇地问："什么蓝洞？"

甘又明蓦然惊觉，他急忙问戈华德："你不知道蓝洞吗？就是贩毒集团的秘密通道。是我们无意中发现的，吴中先生说他已通知了汤姆警官。"

戈华德警觉地回头看看汤姆，但晚了一步。后者已从腋下拔出一把旋着消音器的手枪，一声轻微的枪响后，戈华德警官的额头上便钻出了一个洞，鲜血迸射而出，随后他沉重地倒在了地上。琼惊叫一声，第二颗子弹已击中她的胸膛，她的 T 恤衫立时一片鲜红。甘又明猛扑过去，把她掩在身下，抬起头绝望地面对枪口。

汤姆狞笑着说："谁知道蓝洞的秘密，谁就得死！你那位吴中也活不过今天晚上。"他把枪口抵在甘又明的嘴里。甘又明恐惧地盯着他，口齿不清地喊道："暂停！斯托恩·吴先生，暂停！"

工作人员为两人取下头盔，两人都面色苍白，惊魂未定。琼下意识地用手按着胸部，甘又明也提心吊胆地紧盯着那儿。不过，当白色的外壳慢慢脱下后，琼的身体仍然白皙光滑，并没有一丝伤痕。

吴中已经站在他们身后，笑问："小甘，你这个鬼灵精，这次又在哪儿看出了破绽？"

甘又明喘息了一会儿，才苦笑道："不，我只是侥幸。我并没有完全确定自己是在虚拟环境中。我只是想，如果戈华德先生是一个循规蹈矩的警官，他就不会到不是自己值勤区域的地方去办案；汤姆如果想杀我们灭口，就不必拉着并非同伙的戈华德同去。不过，这段推理并不严密，很容易找到其他解释。"

琼的灵魂仍未归窍，甘又明勉强打起精神问："琼，你是虚拟世界的向导，你怎么也会相信它呢？"

琼苦笑道："有时，我也难辨真假。"

甘又明亦觉得，他所经历的虚拟环境中的阴暗气息正逐渐渗入他的心田。他压着怒气冷嘲道："吴先生，虚拟世界是从好莱坞请来了导演吗？我看这里怎么尽是暴力、血腥、毒品和美女！"

吴中摇摇头："不，我们不必请什么导演，我说过，虚拟技术很快能抢下他们的饭碗。该系统的超级电脑有很强的学习能力，我们只需把近二十年来美国每年的十大畅销片输入进去，它就能学会他们的导演手法，并远远超过他们。"

甘又明刻薄地说："怪不得这些情节十分眼熟呢！"那层无影无形的 SHELL 似乎一直在裹着他，箍得他无法喘息，他疲倦阴郁地说，"我要休息了，想睡个好觉再干下去。我的住处在哪儿？"

"就在对面的白领人员公寓里，103 号。"

"你在那儿吗？"

"对，118 号，我们离得不远。琼，今天的工作就到这儿结束吧，谢谢。"

琼同甘又明告别，披上外衣走出大厅，她还要赶回自己的公寓。

晚上，甘又明在床上辗转难眠。倒不是因为下午"身历"的血腥场面，而是因为他不敢确认自己身上那件外壳是否真的已经去掉，他对姐夫口中的虚拟技术已怀有深深的畏惧，就像害怕一个摆脱不掉的幽灵。比如说，这会儿吴中没有邀请他去屋里做客，就不符合真实世界的常理，毕竟他是万里之外来的客人呀！

不过，也许这是西方世界的习俗，也许是吴先生的屋里还藏着一个情人，也许……还有别的秘密。

他一跃而起，他要去姐夫的屋里看一看才放心。尽管知道自己的决定有点儿神经质，他还是来到118号房前。门铃响后很久，姐夫才打开房门，问："是你，还没有睡吗？"

姐夫穿着睡衣，脸上是冷淡的客气，分明不欢迎他进屋。他佯装糊涂，径自闯了进去。没有等他的侦察工作开始，卧室中就传来嗲声嗲气的声音："亲爱的，快进来吧！"

一个浓妆艳抹的裸体男人扭着腰肢从浴室里走了出来，一只硕大的耳环在耳垂下游荡，正是在红灯区拉客的那只兔子！甘又明扭头瞪着姐夫，他十分痛心姐夫的堕落，但最使他痛心的不是这件事情本身，而是姐夫那种冷静的、厌烦的神情，他肯定很讨厌这位多事的小舅子。甘又明狂怒地喊道："我知道这不是真的！暂停！"

工作人员为他取下头盔，吴中微笑着走了过来，没等他开口说话，甘又明已经愤懑地喊道："我退出这个游戏！我要回家去！"

吴中和刚取下头盔的琼都吃惊地看着他，想要劝阻，但甘又明厉声喝道："不要说了，我要回国！"

吴中看上去很不乐意，他冷淡地说："这是你的最后决定吗？那好，我让秘书安排明天的机票。"

第二天，琼陪着他坐上了中国民航的波音747班机。甘又明曾冷淡地执意不让琼陪同。琼小心解释："甘先生，这是我作为向导的职责，只有在你确定自己回到了真实世界的时刻，我才能离开你。"

在十八个小时的航行中，甘又明一直紧闭双眼，不吃也不喝。直到出租车把他送到北京芳古园公寓，他才睁开了眼。

他急切地敲响了姐姐的房门。姐姐惊喜地喊："小明，这么快就回来了？这一位是……"

甘又明不回答，在屋里神经质地走来走去，目光疑虑地仔细打量着屋内的摆设。琼只好向女主人做了自我介绍，两人时而用英语时而又用汉语亲切地交谈着。甘又明突然在博古架前停住了，突兀地问："姐姐，我送的花瓶呢？"

姐姐迷惑地问："什么花瓶？"

"你们结婚那天我送的花瓶！"

"没有啊，那天你是从老家下火车直接到我这儿的，只带了一些家乡的土产。"

甘又明烦躁地说："我送了，我肯定送了！"在他脑海中，对几天前的回忆似乎隔着一层薄雾。他清楚地记得自己送过一只精致的花瓶，那是件晶莹剔透的玻璃工艺品，但他又怕这只是虚拟的记忆，是逼真的虚假。

这种无能为力的感觉使甘又明狂躁郁闷，他忽然冷笑道："姐姐，非常遗憾，那位吴先生不是什么好东西……不不，我和他没什么实际接触，这几天我一直是在虚拟世界里和他打交道。但仅凭虚拟环境中的阴暗情节，我也可以断定创作者的人品。"

姐姐沉默良久才委婉地说："小明，你怎么能这样说姐夫呢，你和他一块儿相处总共不过五天。五天能了解一个人吗？再说，虚拟世界是超级电脑根据美国高科技社会的现状为蓝本构筑的，他即使是首席科学家也无能为力。"

甘又明立即胜利地喊道："这不是你的话，是吴中的话！我仍是在虚拟世界里，暂停！"

工作人员为两人取下头盔，甘又明一直紧闭双眼，不断地重复着："我要回国，回我的家乡。"

吴中和琼担心地交换眼神后，说："好吧，我们马上送你回国。"

破旧的大客车在碎石路上颠簸着。车里大多是面庞素朴的农民，他们一直好奇地盯着那位漂亮的金发白人姑娘。她身旁是一个脑袋锃亮的中国小伙子，他一直闭着双眼，似乎是一个病人。姑娘小心地照护着他。

直到两人下了车，走进那个山脚下的小村庄，甘又明才睁开眼，他指着不远处说："看，前边那株弯腰枣树下就是我家。"

琼饶有兴趣地打量着这个农家院落，大门上贴的春联已经褪色，茂盛的枣树遮蔽了半个院子。墙角堆着农具，墙上挂着苞米穗子，院里还有一口手压井。甘又明比她更仔细地端详着院子，他的目光中是病态的疑虑和狂热。

他的妈妈从后院喂完猪回来，看见他们，惊喜地喊："明娃，你咋回来啦？哟，你咋成了光瓢和尚？"她欢天喜地把两人让进屋，不眨眼地盯着那个洋妞。过了一会儿，她冲了两碗鸡蛋茶端了出来，瞅空偷偷问儿子："明娃，这个美国妞是谁？"

甘又明一直表情复杂地看着妈妈，既有亲切，更有疑虑。听见这句问话，他立即睁大眼睛，劈头盖脸地问："你怎么知道她是美国人？谁告诉你的？"

妈妈让这质问弄蒙了，怯生生地问："我说错话了吗？打眼一瞅，任谁也知道她不是中国妞啊。"

甘又明不禁哑然失笑，他知道是自己多疑了，他忘了妈妈的习惯：凡不是中国人，她都叫作美国人。他和解地笑道："没错，妈，你没说错。这位姑娘的确是美国人，她叫琼。你问我们回来干什么？琼想听你讲讲我小时候的事儿，一定讲那些我自己也忘记了的事儿，好吗？"

妈妈笑嘻嘻地看着儿子，他们巴巴地从北京赶回来就是为了这事儿？不用说，这个美国妞是儿子的对象，是他的心肝儿宝贝，哼一声也是圣旨。她笑着说："好，我就讲讲你小时候的英雄事儿，只要你不怕丢面子。姑娘能听懂中国话吗？"

"她能听懂中国话，听不懂的地方我给她翻译。"

"你八岁那年，在洄水潭差点丢了命……"

"这事我知道，讲别的，讲我不知道的。"

妈妈想了半天，嘴角透出笑意："行，就讲一个你不知道的，我从来没告诉过你。小学六年级时，有一天你在梦中喊李苏李苏。我知道李苏是你的同班同学，模样儿很标致，对不？"

甘又明如遭雷击，他一下子想起来了。李苏是个性情爽朗的姑娘，一笑便露出一口白牙。那时，他对李苏的友情中一定掺杂着特别的东西，但他把这种感情紧紧关闭在十二岁小男子汉的心中，从未向任何人泄露过。他一直不知道自己在梦中喊过李苏的名字，也不知道大大咧咧的妈妈竟然能把这件事记上十几年。

李苏在初二时就患白血病去世了。同学们到医院去和她告别时，她的神志还很清醒，她那双深陷的大眼睛里透着深深的绝望。

当时，甘又明一直躲在同学们后边，隐藏着自己又红又肿的眼睛，也从此埋葬了那段称不上初恋的情感。

妈妈看到儿子表情痛楚，两滴泪珠慢慢溢了出来。她想，一定是自己的话勾起儿子的伤心，忙赔笑道："明娃，你咋啦？都怪妈，不该提那个可怜的姑娘。"

甘又明伏到妈妈怀里，哽声道："妈，现在我才相信你真的是妈了。"

妈妈又是好气，又是好笑，又是担心："你发魔怔了？我不是你妈，谁是你妈！"

甘又明没有辩解，他回头对琼说："琼，现在我可以确认了，我已经跳出了虚拟环境。"

琼笑着掏出一张支票，"祝贺你，你终于用思维的惯性证实了这一点。吴先生说，如果你能确认，让我把一万元奖金交给你。"

从这一刻起，两人都如释重负。妈妈开始做午饭，她在厨房里大声问："明娃，你能在家住几天？"

甘又明问琼："我娘问咱们能住几天，看你的意见吧！你是否愿意多住几天，领略一下异国情调？"

"当然乐意。我还在认真考虑，是否把根扎在这儿呢！"

甘又明当然听出了她的话意。自打摆脱了外壳的禁锢，他觉得心情异常轻松，几天来对琼的好感也复活了，他笑着把琼拥入怀中。妈妈端着菜盘进屋，瞅见那个美国丫头偎在儿子怀里，翘着嘴唇等着那一吻，她偷偷笑笑，赶紧退了回去。

甘又明把手指插在琼金黄色的长发里，扳过她的脑袋，在她的嘴唇上用力印上一吻。琼低声说："你把我的头发揪疼了。"

在这一刹那，她觉得甘的身体忽然僵硬了。他不易觉察地、又坚决地把怀中的姑娘慢慢推了出去，他的身体又明显地套上了一层冰冷的外壳。琼奇怪地问："你怎么了？"

甘又明勉强地说："没什么。"过了一会儿，他把目光转向别处，低声用英语问，"琼，请告诉我，你吸毒吗？"

琼看着他的侧影，平静地说："我不想瞒你，几年前我曾偶然服用过大麻，现在已经戒了。这在美国的青年中是很普遍的，不过，我从来没有静脉注射过快克。喏，你看我的肘弯。"

她白皙的肘弯处的确没有什么针孔。甘又明仅冷漠地扫一眼，又问："斯托恩·吴……真的是一个同性恋者？请你如实地告诉我。"

琼摇摇头："我不知道。我不是瞒你，我真的不知道。在 B 基地，除了工作上的交往，我和他没什么接触。同性恋在美国是普遍的社会现象，有公开的同性恋组织和定期的公开集会，某些州的法律已经承认同性恋为合法。但华人有此癖好的极少。吴先生大概不会吧？"

甘又明阴郁地沉默了很久，突兀地问："你的头发不是假发？在进入虚拟世界之前，在套上那件 SHELL 之前，我看见你剃光了头发。"

琼迟疑了很久才回答："这是一个复杂的技术问题……"

甘又明烦躁地摆摆手，不想听她说下去。他清楚地记得，光头琼是他在进入虚拟环境之前看到的，也就是说，这件事情是真实的。那么，他就不该在这会儿的真实世界里看到一个满头金发的姑娘。他苦涩地自语："我已经剥掉了六层 SHELL，谁知道还有没有第七层？也许我得剃掉一个手指头才能证实。"

琼大声地喊："你千万不要胡来！我告诉你，你真的已经跳出了虚拟世界，真的！"

甘又明冷淡地说："对，按照电脑的逻辑规则，一个堕入情网的女向导是会这样说的。"

琼唯有苦笑。她知道两人之间刚刚萌生的爱情之芽已经夭折了。午饭后，她很客气地同甘又明的母亲告别。

甘的妈妈极力挽留了很久，但姑娘的去意很坚决，儿子冷着脸，丝毫不做挽留，似乎是一个局外人。她十分纳闷儿，不知道这一对年轻人为什么无缘无故地翻了脸。

两个小时后，琼已经坐上了去往北京的特快列车，并在车站邮局向北京机场预定了第二天早上回旧金山的班机。她还给斯托恩·吴先生打了一个越洋电话，说甘已赢得了一万元奖金，但对甘又明在赢得奖金之后对自己态度的变化，她未置片语。

她听见吴先生在大洋彼岸语调平淡地说："谢谢你的工作，再见。"便挂了电话。

搬运海洋 / 王尚

改造火星

海很平静，远远看去没有什么起伏。只有当海浪轻轻地打在脚下的沙滩上时，才能让人感觉到大海此刻平缓而又有力的脉搏。

一个年迈的老人由一个 10 岁左右的小男孩搀扶着，拄着拐杖在沙滩上散步。

天空中，一颗只有橘子大小的橘红色恒星已经落到了海面上。

"爷爷，您去过地球吗？"小男孩突然问道。

"嗯，去过几次。那是很久很久以前的事情了。"老人回答，扶着拐杖的右手有些颤抖。

"地球是什么样子的？"

"嗯，和火星差不多。不过气候更加温和一些。"老人一面说着，一面举起手有些滑稽地照着自己的脑袋比画着，"而且那里的太阳有这么大。"

小男孩咧嘴笑了起来。

"不过从前的火星可不是现在这个样子，从前这里可荒凉了，全是沙漠，而且人也不能在户外自由地呼吸……"

"老师都跟我们讲过。"

"那你知道不知道曳冰和曳气啊？"

"知道！"小男孩大声地说。

"是吗，我们的聪聪知道得真多。"老人微笑着摸了摸孙子的头。

祖孙俩说着笑着，不知不觉天已经黑了下来。

"看见天上的那颗星星了没有？那就是土星。"老人指着天上一颗不大起眼的小星星说道，"我从前去过土星。那是一个很美丽的星球，有着漂亮的环。"

"但是它看上去好小啊！"小男孩儿说道，"爸爸说，宇宙是个很无聊的地方。"

"土星可不小，而且宇宙一点也不无聊。不如这样吧，我讲一个关于火星、木星和土星的故事怎么样？"

"好啊！"小男孩儿高兴地说。

"那年我只有 14 岁，对一切都半懂不懂。我的爸爸有一艘曳冰船，专门从木星或是土星的卫星那里拖曳一些冰块然后扔进火星的大气层，用来增加火星地表的水量。这是政府主持的项目，前后一共进行了 93 年。"

"爷爷，这些我都知道。"小孙子已经有些不耐烦了。

"不要急嘛，让我慢慢地进入状态。"老人轻轻拍了一下孙子的脑门，全然没有责备的意思。

"我爸爸绰号'金二爷'，是曳冰行当中的好手。他不光有自己的船，而且在帕西瓦尔·罗威尔的码头还有自己的办公室。他的船——'来福号'和他的办公室是他第一珍贵和第二珍贵的东西。他第三珍贵的是从地球上原产的雪茄——产地叫古巴，一个很奇怪的名字——所以当他不出航的时候，他总会坐在那间不大的办公室里，将双腿翘在办公桌上，望着窗外停在船坞中的'来福号'，悠闲自得地抽着雪茄。

"至于他还喜欢什么我就不太清楚了，但我可以肯定的是他最不喜欢的东西就是我。我11岁就辍学回家，整天只知道开着自己攒钱买的电动摩托车在罗威尔的大街小巷里乱串。我爸爸基本上见我一次就骂我一次，不过我妈妈却总是护着我。

"我那时候很喜欢去码头，因为在那里能看见摩天大厦一样的飞船，另外那里的船员对我也一向很好。他们喜欢绘声绘色地向我讲他们碰到的海盗、太阳风暴或是神秘的幽浮，等等。有时他们还会瞒着我父亲偷偷塞给我几根香烟。我当时好奇，就学着大人的样子吸了一口——聪聪，你可不能抽烟哦——立刻就被呛得直咳嗽，然后他们就哄笑起来。

"但那段时间我却不敢去码头了。因为我爸爸刚刚完成了一趟生意回来。其实说'完成'并不恰当,'来福号'比合同规定的时间晚到了半天。结果他们被迫在火星轨道上等了两个星期。几百万方的冰块被火星的引力撕碎,坠入了大气层。他们不但没有拿到酬劳,还要交付一大笔罚款。所以你太爷爷那两天心情特别差,我怕遇见他又要挨骂。

"那天晚上爸爸在餐桌上宣布了一个重要的决定:下一趟远航的时候我必须参加。我当时就高兴得跳了起来,而我妈妈却哭了出来。

"'你现在是个男子汉了,应该去见见世面,去吃点苦。'爸爸这次的语气出人意料地和蔼。

"'小宝今年才14岁啊!我还听说这次你要雇'老萝卜'来带队。他是疯子啊!你怎么这么狠心啊你?'我妈妈哭着向我爸爸埋怨道。

"'正因为这样小宝才更得去。只有这样才能表明我对赵虎有信心,也只有这样我才能招到船员。本来曳冰就不是坐在办公室里面喝茶看报纸,小宝将来是要接管"来福号"的。现在不磨炼磨炼,到时候他怎么能胜任?这事情就这么定了!你个老娘们儿懂个屁。'

"很快出发的日子就到了。妈妈前一天夜里忙到很晚,给我打了一个很大的莫名其妙的行李包,鼓鼓囊囊的,里面装满了吃的零食，换洗的衣服，还有很多我也说不出用途的东西。

　　"'来福号'安静地矗立在那里，在它的旁边是星际运输公司的巨大广告牌，上面写着'上帝创造了地球，而我们创造了火星'，在广告牌下面站着几个人，他们便是此次航行的船员了。在他们中间，我认出了肌肉约翰，他跟随我爸爸多年，是个大个子的白种人，两块发达的肱二头肌上还分别文着两个汉字——'武'和'勇'。剩下的几个人我从来没有见过。其中有个很瘦小的男人，三十四五岁，头顶上几乎没有什么头发了，干瘪的两颊紧紧地箍在脸上。我心想这个人应该就是老萝卜了。在他身边则站着一个只有十七八岁的女孩，留着乌黑的齐耳短发，长得非常漂亮。她看见我在盯着她看，狠狠地瞪了我一眼，吓得我咽了口口水。

　　"在那个女孩旁边还有个又高又胖的黄种人。他友善地向我招了招手。

　　"我爸爸拿出一个飞船模型，样子是当时很流行的电视剧《快速六号》里的'快速六号'。他将那个模型朝着'来福号'的方向摆好，然后跪下对着那个模型恭恭敬敬地磕了三个响头。

　　"'大家都来给船老爷磕个头。'我爸爸又招呼其他人给那个模型磕头。

　　"几个人收拾了一下东西，然后往船坞方向走去。我妈妈当时就哭出来了，抓住我的手不放。我当时也想挤出几滴眼泪，但我脑子里全是远航的事情，无论如何也挤不出眼泪来。

"'行了！老娘们儿就是麻烦。又不是不回来了，哭哭啼啼的，多不吉利。把船老爷收好，记得要天天拜！'我爸爸又朝我妈妈吼道。

"上船后发现飞船比我想象的还要狭小，船员的休息室和驾驶室紧挨着。在船员休息区的后面是餐厅和厨房。厨房里面的食物很单调，主要是一些容易保存的干面包、脱水蔬菜，以及一些处理过的牛肉和猪肉。不过吧台里的酒却种类丰富：各种牌子的啤酒、红酒、威士忌、白兰地、中国白酒、日式烧酒等，一应俱全。肌肉约翰刚把行李一扔就跑到吧台摸出一瓶啤酒，咕噜咕噜地喝了起来。在厨房的后面则是'来福号'的发动机舱和曳冰操作舱。

"放好行李后，我和大家一起来到驾驶室，却惊奇地发现驾驶室里还坐着一个高大的男人。他的肩很宽，脖子却比较短，留着笔直的短发，浓密的眉毛下面长着一双有些凶恶的眼睛。他分明是个黄种人，却有着白种人那样高挺的鼻梁。凌乱而又浓厚的络腮胡子布满了他那大得略显夸张的下巴。总而言之，这是个很有威慑力的人。他有些傲慢地看了看大家，做出一个让我们都坐好的手势。大家落座之后，他清了清嗓子，说道：'既然二爷抬爱让我做"来福号"的船长，那么从现在开始，船上的事情我说了才算。我知道大家听说过我老萝卜的很多传闻。这些传闻中的有些是真的，有些是假的。至于什么是真的，什么是假的，你们试试就知道了。'"

"这么说那个大胡子才是老萝卜？"小孙子突然向爷爷问道。

"不错。当时我也很惊奇。一个如此魁梧凶悍的人怎么会有这样的绰号。那个人之后也没有多说什么，就让我们坐在椅子上系好安全带，准备出发。

"那时候的飞船还是用旧式的引擎，主要靠核聚变反应堆提供动力。'来福号'在颤抖了一段时间后才缓缓地开始爬升。我当时紧张得不行，脑袋里全是嗡嗡的声音。我之前从没有离开过火星，也从没想到火星也有如此巨大的力量。

"不知过了多久，终于一切都安静下来。周围的人都解开了安全带，在驾驶舱里横七竖八地飘着。我也解开身上的安全带，然后轻轻地一推座椅，飘了出来。这时约翰飘过来对我说：'看外面！'

"我扭头从舷窗向外张望。一个巨大的橙红色球体几乎充满了所有的地方。那就是火星，我长大的地方。此时它显得很荒凉，几乎看不见太大的水体。在靠近北极的地方，火星大气层发出一片片的红色光亮，仿佛无数流星从那里坠落。即使现在是向阳面，那光亮依然非常炫目。

"'那是……'我惊讶地看着那壮观的场面，有些结巴地问。

"'那是人们从远方拖曳而来的冰在坠入火星。'我爸爸说道。不知怎么的，我又想起了星际运输公司的广告语。

"你太爷爷接着说道：'人类先用核弹点燃火星的地核，让火星重新拥有磁场。然后我们又从远方拖来冰和氮气，按照我们的意愿改造这个星球。我们要创造一个新世界。'"

老人说到这里，突然停了下来。他出神地仰望着天空，仿佛在看着一位老朋友。

"爷爷？"小孙子拉着他的手，打断了他的思绪。

"哦，时间不早了。我们回去吧。"老人对小孙子说道。

"可故事还没有讲完呢！"

老人摸了摸小男孩的头，"不急。我们明天再接着说。"

这是一座离海滩不远的别墅，在黑暗中它发光的流线型屋顶就像一个美丽的贝壳。尽管稍微有点常识的人都知道这栋别墅的创意是抄袭一座远在地球上的古老建筑，但模仿地球的文化风格永远是火星的时尚。

走进门是一个明亮的客厅，仿古的大吊灯悬挂在房间的正上方，发出柔和而又明亮的光。在客厅的远端是一张长得离谱的餐桌，分坐在餐桌两端的男人和女人也许需要电话才能顺利地交流。

"爸，你们去哪了？这么晚才回来？"那个男子是老人的儿子。他对父亲埋怨道。他平时工作很忙，晚上难得回来吃饭。

"我带聪聪去看海了。"老人回答。

"现在外面多冷啊,别把聪聪冻着。"那个女人是老人的儿媳。她平时工作也很忙,也很少回来吃饭。

"聪聪,洗完手再来吃饭。"孩子的妈妈严厉地对小男孩说。

晚餐是一份颇为精致的果蔬沙拉、几片白面包和一扎不知道是什么榨成的果汁。

"我不想吃沙拉,我想吃肉!"小孙子有些不满地说道。

"你应该少吃一些高热量、高脂肪的食品,那些东西会影响到你的智力发育的。"孩子的妈妈优雅地吃下一段芹菜,然后对孩子说道。

"就是,多吃蔬菜身体好。我们当年在曳冰船上的时候可没有这些新鲜的蔬菜可以吃。"老人一边说着,一边夸张地咽下一大口沙拉。可真够难吃的,老人在心里想。

"爷爷今天跟我讲他小时候曳冰的故事了。"小孙子向父母汇报道。

"是吗?"老人的儿子有点心不在焉,他也很讨厌妻子的"兔子食谱","那你从中学到了什么?"

"啊?"小男孩有些茫然地看着自己的父亲。

"如果你不能从一个故事中学到有益的东西,那么你听一个故事还有什么意义?"老人的儿子尽量让自己显得循循善诱。

小孙子吃力地想了一会儿，然后说："做远航船员很好玩。他们既可以抽烟又可以喝酒。"

"什么？"孩子的妈妈猛地放下手中的杯子，也不顾嘴边沾满了绿色的泡沫。

"你就学到了这个？"

"不，不是。"小男孩明白自己说错话了。

"嗨，小孩子嘛，他懂什么，想到什么就说什么呗……"老人想护着孙子。

"就是因为他什么都不懂所以才麻烦啊！暑假结束后他就要去地球上学了。寄宿学校里的孩子都是出类拔萃的，他现在这个样子拿什么跟那些孩子竞争啊！"老人的儿子有些生气地对老人说道。

"爸，您也是的。没事跟孩子说什么曳冰的事。那都是蛮荒时代的事情了。"孩子的母亲此时已经擦掉了嘴角的泡沫，又恢复了平时优雅的姿态。

"但是那些故事很有趣嘛！"小男孩小声地抗议道。

"大人说话，小孩不要插嘴！"老人的儿子训斥他的儿子。

"跟你说了多少次了，不要朝小孩子大喊大叫，这对他的成长不好。"老人的儿媳埋怨自己的丈夫。

"你平时也多花些时间去教育教育孩子。整天待在办公室里搞什么经济分析，也没见你预报出这次金融危机！"老人的儿子也开始埋怨自己的妻子。

"那你呢？1周在办公室7天。天天半夜三更才回家，你怎么不来管管孩子？"

"我哪里有时间？星际运输公司这次要大裁员，甚至连中层管理人员也不能幸免。我哪里有时间来管孩子？"丈夫申辩道。

"你没时间？难道我就有时间了？你知不知道一个女人在职场上打拼有多么艰难？"

吃完晚饭，夫妻二人依然在喋喋不休地埋怨对方。而老人和小孙子洗漱之后就各自回房休息了。

老人坐在房间里看着昏暗的床头灯，叹了口气，然后准备关灯睡觉。

没睡一会儿，突然床前传来窸窸窣窣的声音，紧接着一个瘦小的身躯爬到了床上。

"爷爷，刚才的故事还没说完呢！"是小孙子的声音。

"故事很长的。"老人说道。

"那你就先说一部分，剩下的明天再说。"

"真服了你了，去把灯打开。"老人说。

小男孩欢呼了一声，跳下床把台灯扭开，然后又飞快地钻进了被窝里。

老人把枕头竖起来，然后自己舒服地靠在上面，开始说起来。

"我先简单介绍一下这几个船员吧！那个瘦小的男人，还记得吗？叫齐伟，不过别人都管他叫大龙。那个很高很胖的人叫弗兰克，大龙和约翰叫他肥弗。那个女孩叫作陶梅，其他人叫她小梅，她都答应。唯独我要叫她全名，叫'梅姐'都不行。

"这次旅行的目的地是土星。在土星周围有一个巨大的环，实际上是由无数的碎石和冰块所组成的。这些冰块比那些埋在卫星上的冰要好取得多，所以大多数的曳冰船都会选择这里。其实就在小行星带里也有很大的冰储量。但最近整个小行星带都被星际运输公司包下来了，像我们这样的私人曳冰船只能去更远的地方曳冰。当时星际运输公司依靠着自己的垄断优势和来自政界的支持，故意压低运冰和运气的价格。很多个体经营的飞船都破产了。对于那些还在勉强坚持的飞船，他们甚至还会用各种不法的手段来进行打压和排挤。"

"爸爸也在星际运输公司工作，那爸爸也是坏人吗？"小男孩有点担心地问道。

"当然不是。时代已经变了，曾经的恩怨现在已经不重要了。"

小男孩似懂非懂地点了点头。

"下面我们继续。老萝卜是一个非常……奇怪的人。他并不在休息室里睡觉，而是住在驾驶舱里。而他又是极不注意个人卫生的，换洗的衣服也不放在袋子里，结果驾驶舱里常常会飘着他穿过的内裤和袜子什么的。他抽烟很凶，几乎烟不离手。有次他抽烟入了神，没留神从身后飘过来的一只袜子，结果还引发了一场不大不小的火灾。

"他的第一个命令就很奇怪。他要求'来福号'直接从小行星带穿过，而不是选择绕行。小行星带中的碎石很多，对于高速飞行的飞船来说十分危险。

"'小行星带那里那么多碎石，随便碰上一个我们就玩完了。'肥弗说道。

"'直接穿过小行星带可以节省很多时间。'老萝卜简单地解释道。

"'我们现在时间还比较充裕，没有必要赶时间。'肌肉约翰说道。

"'这谁都不好说。'老萝卜说。

"'那碰到碎石怎么办？'约翰又问道。

"'我自有办法。'

"'你能有什么办法……'肌肉约翰刚说了一半，见我爸爸盯了他一眼，只好停了下来。

"'你是船长，你说了算。'我爸爸一句话结束了大家的争论。

"回到休息室，约翰依然嘟嘟囔囔地说个不停。终于他再也憋不住了，掐灭了手里的烟头，说道：'不行。我要去跟金二爷说道

说道。'

"我很好奇约翰会跟我爸爸说什么，就跟出去听听。刚到走廊，就听见肌肉约翰大声说话的声音：'您还没有看出来吗？这个人纯粹是个疯子！'

"'他是最后的希望了。我们上一趟活儿的时候你也在，什么样的结果你也知道。几百万方的冰块掉得到处都是。我们不光没有赚到一分钱，还被罚了一百多万。'

"'上次不是情况特殊吗？要不是有内鬼……'

"'没有内鬼，还会有别的事情发生。星际运输公司迟早会把我们挤垮的。'我爸爸又接着说道，'你以为我不担心吗？但我真的没有别的办法了。无论如何，我决不能让"来福号"在我的手里关张。'

"我正聚精会神地听着，突然背后传来一声咳嗽声。扭头一看，发现陶梅面无表情地站在我身后。她穿着一身灰色的工作服，上面沾满了油污，右手还拿着一个扳手。陶梅是船上的机械师，整天扳手、钳子不离手。

"'你好。'我有些紧张地打了声招呼。

"她一双俏丽的大眼睛上下将我扫了一遍，突然脚下一蹬，整个人便一下子翻到天花板上面，然后她将天花板当作地面，缓缓地离开了。为了节省空间，船上的走道都只有一人宽。平时大家在走道上遇见时都是一个人走下面，一个人走上面。当然在太空中实际上没有真正的上下。

"'这小丫头真是漂亮，可惜就是脾气臭了点儿。'这时大龙也走了过来，'不过你个小屁孩儿就不要痴心妄想了。她喜欢的是像我这样的强壮男人。'大龙虽然长得有点'多灾多难'，但是他的性格还是很随和的。我才认识他几天就敢和他插科打诨了。

"'小心她用钳子把你的嘴给拧歪了。'我一把抓住大龙的小蛮腰，将他举起来，然后自己从底下钻过去，回到了自己的房间。

"大家在平静和不安之中度过了最初的两天。终于我们就要接近小行星带了。虽然仅凭肉眼观察，你几乎看不出来小行星带和其他地方有什么区别。但是如果你去看雷达的话就会觉得触目惊心。前方和'来福号'大小相仿的巨石比比皆是，它们分别以不同的速度漫游着。飞船现在的速度是每小时二十万千米。在这样的速度下，只要一块大龙脑袋大小的石头就可以让我们完蛋。

"'向左转十度二十秒，我们从星际运输公司开辟的通道里穿过去。老萝卜向导航员肥弗说道。

"'什么？'大家又是大吃一惊。

"星际运输公司为了提高星际旅行的速度，在小行星带离火星较近的位置开辟了一个大约一万千米宽的通道。在那里他们派出了将近一千艘装备着强劲激光炮的飞船，专门负责截击流石。不过其他船经过这里则要支付高昂的过路费，利润微薄的曳冰船很少会选择从这条通道穿过。

"'那里收费那么高，要是走那里我们这趟就等于白跑了。你脑袋是不是有问题？'肌肉约翰质问道。

"老萝卜的眼睛里闪出了一丝怒意，'我是船长，执行我的命令，不然你现在就下船。'

"'你敢！'约翰不服气地骂道。

"'约翰，闭嘴！'我爸爸向肌肉约翰吼道。

"这时大龙走到约翰身边小声地说：'别以为他在吓唬人。他真的把人扔出去过，我就是例子。'

"老萝卜也没有再去理会约翰，仍旧淡淡地说：'我们伪装成星际运输公司的曳冰船，这样就不需要支付过路费了。'

"'但是通行是需要交换密码的。我们没有密码啊！'我爸爸说道，看得出他也很着急。

"'我有他们的密码生成器。'说着他从他乱七八糟的床上找出了一个长方形的盒子。

"'这东西你哪里搞来的？'肥弗惊讶地叫起来，'如今这东西不好找了。风声太紧，黑客们都不敢搞这个东西了。'

"'我自有办法。你们做好自己的事情就好了。'老萝卜熟练地将那个盒子接在'来福号'的主机上。只见那个盒子发出了'嘀'

的一声，然后是磁盘高速运转的声音。

"没过多久我们都可以在飞船的前窗里看见快速通道的入口了。

"'前方船只请出示通行密码或按照规定缴纳过路费。'前方的缴费站发出了广播。

"'收到密码请求，正在计算中。'肥弗紧张地看着那个盒子，向其他人解释道。而老萝卜正眯着眼睛盯着那个盒子，看不出在想什么。其他的人则都很紧张地看着前视窗里越来越大的收费站。在收费站的周围建有强磁场，如果强行通过的话整个飞船的导航系统就会瘫痪。

"'前方船只请出示通行密码或按照规定缴纳过路费。'收费站再一次发出了广播。

"'还在计算中。距离收费站八千千米。'肥弗说道。

"大家一齐屏住了呼吸，好像我们就要撞上一堵无形的墙。

"'距离收费站四千千米，还在计算中。'肥弗说话的声音已经开始颤抖了。

"此时收费站的外轮廓已经初见端倪了，而且它还在不断地变大，变大……"

"好了，我们今天就讲到这里吧。你该回去睡觉了。"老人说到这里突然伸了个懒腰，将背后的枕头拿出来拍了拍，然后放在床头，做出要睡的样子。

"不行！你还没讲完呢！"小孙子不满地叫起来。

"不是跟你说过这个故事很长，今天说不完的吗？"

"可是那也不能说到这里就停啊！"

老人没有回答，只是有些得意地笑起来。

"最后你们冲过去了没有？"小孙子还是不甘心。

"你觉得呢？"

"我觉得你们一定成功了。"小孙子回答。

"明天再告诉你。去睡吧！"

小孙子不舍地爬下床，离开了老人的房间。

小孙子走后，老人自己又笑了一会儿才关上灯准备睡觉。可不知怎么的，他突然没有了困意。老人站起身，拉开窗帘。窗外是疏朗的星光，火星没有卫星，也就没有清凉的月光。他抬头看了看天空，不禁有些感慨。自己最美好的时光都是在这无尽的夜空里度过的。"每个人都曾是粒粒星尘，所以太空才是我们真正的家园。"老人又想起当年一个人对他说的话。

火星上的清晨来得非常温柔。阳光花了许久才照亮地面。大海依然平静，因为没有卫星，又离太阳比较远，这里的潮汐很弱。

老人很早就起床了，此时他正站在卧室的窗口眺望着远处的大海。此时外面传来儿媳说话的声音："聪聪，抓紧时间起床了。你和爷爷的早饭都放在桌子上了，一定要吃完。你今天上午还要再练两个小时的钢琴，晚上我回家一定检查。在家要听爷爷的话，听见没有？"这时候门外传来不耐烦的鸣笛声。

"知道了，就来！"小男孩的母亲向外面喊道。

"乖，在家要听话。记得要练钢琴。"然后是一阵急促的高跟鞋跑步的声音。

等大家都走了，老人来到小孙子的卧室，发现他还在那里熟睡着。老人蹑手蹑脚地走出去，又轻轻地把门关好，自己一个人来到餐厅。

早餐是两块面包，一枚煮鸡蛋，一个生西红柿，这比他当年在船上吃的都艰苦。

不久小男孩便揉着惺忪的眼睛，打着哈欠来到了餐桌旁。

"等等。刷牙洗脸了没有？"老人问。

"啊！"小孙子张大嘴，露出两排洁白的牙齿。

"吃吧！"

"又是这些啊，我不想吃。"小孙子说。

"你知道我当年在船上吃的都是什么吗？"

"什么？"小孙子突然又来了兴趣，"对了，爷爷，故事还没有讲完呢。"

"你吃了我就讲。"

小男孩一口吞下了鸡蛋。

"嗯，那好吧！不过今天我先从吃的说起。在远航的船上新鲜蔬菜和水果是比较珍贵的。船员体内的维生素含量主要都是靠服用维生素片来补充。通过收费站的那天早上，我只吃了两片煮过的脱水蔬菜和一小块熏肉。那天不知道什么原因，我吃完饭之后一直胃痛。当大家屏息凝神地盯着收费站时，我的胃感到格外的不舒服。

"'还有一千千米，还在计算中。'肥弗的声音已经有点绝望了。

"收费站的模样已经大概可以分辨出来了。在它的背后是一片极为壮观的石海。

"'把钱转给他们，不然我们的飞船就毁了。'我爸爸也沉不住气了。

"'不，再等等！'老萝卜坚持道。

"'就要碰上去了。'肌肉约翰紧张得不停地握紧拳头又松开。

"我感觉心脏就要跳出来了。而此时我的胃里面也是翻江倒海，说不出的难受。

"'前方船只请出示通行密码或按照规定缴纳过路费。'收费站又一次广播通知，但那台该死的机器依旧没有反应。

"'完了。'肥弗绝望地说道。

"就在这时，那台机器传出'嘀嘀'的急促响声。

"'密码已通过，免费船只。请按次序通过。'广播声音刚落，'来福号'已经疾速地掠过收费站，驶入了通道之中。

"驾驶室里传出一阵欢呼声。而我当时却感到胃部一阵猛烈的抽搐，然后一下吐了出来。由于反作用力的缘故，我还向后退了几步。在晕晕沉沉之中，我隐约听见老萝卜淡淡地说：'这机器比我想象的要慢了些。'

"大龙给我做了大概的检查，说可能是食物单调再加上失重环境造成胃部的不良反应，休息一会儿就好了。

"'我看是被吓着了吧。'陶梅说。

"'刚才大家不都紧张得要命吗？他是第一次出航，有些不适的反应也是正常的。'大龙替我辩解道。

"我觉得很没面子。我在罗威尔城里也算是个刺头了。打架、飙车、把妹子，我什么没干过。这点小事就把我吓吐了……"

"什么是'把妹子'？"小男孩突然插嘴问道。

"嗯，就是一个人……这个问题不重要。你要不要听故事了？"老人一下子被问得措手不及。

小男孩无奈地点了点头。

"我休息了半天，才觉得身体稍微舒服了一些。等我来到驾驶舱时，'来福号'已经差不多驶出了快速通道。肥弗和我爸爸已经算好了去往土星的最佳航线，剩下的事情就是开足马力向土星飞去了。

　　"接下来的日子还是比较无聊的。船员们除了每日的例行检查之外，并没有别的事情好做。由于我在家的时候常常鼓捣一些机器，所以我爸爸就安排我跟着陶梅一起巡查船舱里的设备，也让我跟她学一些技术。我自然是十分乐意的，但是她却从不搭理我，总是一个人走在前面。我也不敢说话，只好厚着脸皮跟在她的身后。

　　"大家没事的时候喜欢聚在一起聊各种各样的八卦，老萝卜毫无悬念地成为我们的中心话题。

　　"'我说大龙，你真的被老萝卜扔出去过？'肌肉约翰问道。

　　"'那还有假？那次我是第一次跟他一起出航。对他的臭脾气还不习惯，于是就常常跟他顶嘴。结果他一生气，竟然把我绑在曳冰索上面，然后直接扔到太空里了！5秒钟之后，他才把我拽回来。现在我想起来还后怕。'

　　"'那你怎么没事呢？'我问道。

　　"'这你就不懂了吧？人暴露在太空中，最多可以存活十几秒钟。'肥弗解释道，'他最多也就是皮肤有些冻伤而已。'

　　"'果然够狠。'约翰说道。

　　"'虽然老萝卜脾气不好，但他是这个行当里最出色的。'大龙说道。

"'你很佩服他?'

"'当然。我跟他出航也不是一趟两趟了。他的本事我还是很佩服的。比如说这次收费站的事情吧。大家都埋怨他没有事先告诉我们,其实他是怕有内鬼。'

"'那为什么那么多人都说他是疯子?'

"'因为他就是疯子。听着,我也不知道该怎么说才好。但我们这一行本来就是疯狂的。愚公移山、精卫填海听说过没有? 我们比那个还不靠谱呢! 所以老萝卜这样的人只是让自己的性格适应了这种特殊的工作而已。'

"'传言说他其实是地球人,是真的吗?'

"'从理论上说,我们全是地球人。'大龙自嘲地说,然后大家一齐笑了起来。

"'他是在火星出生,在火星长大的。但是他年轻的时候是在地球上读的大学。'

"'哟,他还留过学呢!'肌肉约翰有点惊讶又有点揶揄地说。

"'那他为什么叫老萝卜呢?'我又问道。对于这个问题我一直很好奇。

"'对呀。他怎么有这样的外号啊?'看来其他人对此也早有疑问。

"'据说由于营养不良，他年轻时又小又瘦，满脸的褶子。在地球留学的时候，他的那些生活优渥的地球同学就给他起了这个外号。后来他就一直坚持让别人叫他这个外号，算是对他悲惨童年的提醒吧！'

"'不明白这有什么意思。'

"'嗨，其实这很好明白，这就跟美国留着'亚利桑那号'做纪念馆，中国留着圆明园做景点，寡妇总把自己的儿子放在身边是一个道理。'

"我和其他人都笑了起来，虽然我不太明白大龙的话是什么意思。

"'金小宝，该出去巡查了。'不知什么时候陶梅走了进来，对我说完，又转身走了出去。

"'怎么样了小宝？还没有把她搞定？'肌肉约翰向我打趣地说。我有些泄气地向他摆了摆手。

"肥弗也笑着说：'小宝被她搞定了还差不多。这个小丫头是老萝卜招进来的，可能是他的什么亲戚吧！别说这两人的脾气倒是比较像……'

"'你走不走？'这时陶梅又出来喊了一声。

"'走，马上就走！'我急忙答道。

"我把在一旁坏笑的大龙推到约翰的身上，然后跟着陶梅走了出去。

"'这两天我们要重点检查一下曳冰索和激光切割机是否状态良好。我们还有几天就要到了。'她对我说道。

"'是，是。'我一个劲儿地点头，然后又问道，'不过，怎么检查？'

"陶梅白了我一眼，然后无奈地说：'我先来做，你跟在后面好好学着怎么做。'

"'好，好。'我连声答应。

"其实检查的程序并不复杂。我们将曳冰索释放出去，然后再检查一下在曳冰索最前端的遥控牵索机是否能正常运行就可以了。操控那些遥控牵索机就像打电子游戏一样容易，而激光切割机就更像游戏了。可惜的是我们附近没有冰块石头什么的可以用来试验一下激光切割机的效果。陶梅见我学得很快，表情也缓和了一些。

"'你们几个刚才在说我什么？'陶梅将曳冰索收好后，突然问道。

"我一下不知道该说什么好，只好支吾地回答：'也没什么。'

"'没什么是什么？怎么你们几个笑得那么欢呢？'陶梅的表情看不出喜怒。

"我硬着头皮回答：'就是讨论为什么你不爱理人之类的。'

"'得出结论了没有？'

"'没，没有。'我感觉我的手心开始出汗了。

"陶梅又看了我一眼，然后'啪'的一声将曳冰索控制盒收起来，然后说：'走吧，我们再到别的地方看看。'

"突然她不知道被舷窗外面的什么给吸引住了。她凑到窗前，出神地向外望着。

"我伸头向外面看去，只见在远处有一颗只有拇指大小的球体，发出暗淡的橙色的光。

"'那是木星吗？这么小？'这是我第一次用肉眼看见木星，却没有想到它却如此的不起眼。

"'这是因为我们距离它实在是太远了。即使是这样看上去它也是那么美丽。'陶梅用少有的柔和的语气说。

"'的确。'我言不由衷地说，'的确很美。'

"经过了近一个月的航行之后，'来福号'终于开始减速了。按照计划，我们能在10天之后进入土星轨道。此时的土星在夜空中已经比较显眼了，再过两天我们就能用肉眼看见土星环了。

"飞船走到这里的时候我们也开始不断地遇见其他来到这里曳冰的飞船。这里也是海盗经常出没的地方，星际运输公司的曳冰船都是成编队的，由政府的军舰护送。而像我们这样的私营曳冰船只能多加小心，自求多福了。

"正在我们小心翼翼地通过这段区域的时候，突然前面传来紧急呼救的信号。

"'遭遇海盗，失去动力，请求援助。'广播里传来一个男子焦急的声音。

"你太爷爷迅速地打开了侦察雷达。在我们的正前方大约有一个小时的路程，有一艘型号和我们差不多的曳冰船。

"'我们追上这艘船还需要多长时间？'老萝卜问道。

"'这船离我们有十万千米左右，目前时速十五万千米，并且保持匀速。而我们现在的时速是二十五万千米。我们有可能要错过去了。'

"'什么意思？'我不解地问道。

"'很简单，如果我们要是想在追上它时降到和它一样的速度，假设我们是匀减速的话，我们至少要以十四米每平方秒的加速度减速两个小时。'老萝卜稍微思考了一下，就给出了一个很精确的数字。

"'这个加速度是火星重力加速度的三倍左右。而且"来福号"还没有做好迅速减速的准备。'

"'如果我们不救他们，他们会怎么样？'我问道。

"'从这艘飞船的飞行航线上来看，他们会被土星俘获，也许最终坠入土星之中。'我爸爸说道。

"'我们不能见死不救啊!'我焦急地说。陶梅似乎比较认可我的话,也点了点头。

"大家的目光都集中在了老萝卜身上。

"'弗兰克和我驾驶飞船,其他的人站到驾驶舱后墙处,我们开始减速。'老萝卜命令道。

"随着飞船引擎发出隆隆的声音,大家一下子就被吸到了墙上。我过了好一会儿才适应了这样的加速度。我费力地扶着地板(现在变成墙了),在墙上站了起来。刚一抬头却被一块布蒙住了头。我扯下一看竟是老萝卜昨天穿的衬衫,上面还散发着浓重的烟味儿。再看看四周,撒满了老萝卜床上的各种衣服。我把衣服扔掉,伸手想把身边的陶梅扶起来,不过她没有扶我的手,自己轻松地站了起来。

"两个小时之后我们的飞船终于追上了那艘求助的飞船。突然悄无声息地,大家又都飘了起来。

"'你们船上的核辐射指标正常吗?'老萝卜通过广播问道。

"'正常。他们关闭了反应堆,然后取走了所有的燃料。'对方回答道。

"'你们有几个人?'老萝卜又问道。

"'只有我一个,其他人都被海盗劫走了。我躲在一个暗舱里面才侥幸逃脱。'

"肌肉约翰将两艘船对接起来，扫描发现这个人没有携带武器，也没有发现致命的细菌。约翰按下按钮，那个人就走了进来。

"他是个很不起眼的人，显得很紧张而且精神恍惚，看见我们只是一个劲儿地点头，并不说话。

"'你叫什么名字？'老萝卜问道。

"'斯坦。'那个人回答。

"'你好，斯坦。我叫赵虎，别人都叫我老萝卜。欢迎来到"来福号"。

"斯坦有些吃惊：'你就是老萝卜？'

"'先去休息一会儿吧，小宝你把斯坦带到休息室休息一会儿。'老萝卜又说道，'大龙，打开主雷达。周围一旦有不明飞船就马上报告。其他人也提高警惕。陶梅，你再去调试一下激光切割机，必要的时候那就是我们唯一的武器了。我跟海盗的关系可不怎么好，我可不想落到他们手里。'

"那人显然是很长时间没有睡好了。一到休息室他就像一头死猪一样睡着了。

"大约过了几个小时，那个叫斯坦的人才醒来回到了驾驶室。老萝卜见他来了，问道：'斯坦，你来得正好，我有几个问题想问你。你们船上当时有几个人？'

"'连我六个人。海盗登船的时候，我正在操作舱检修机械，

听见报警声就躲在了一个暗舱里面。后来等我再出来的时候，发现船上只剩下我一个人了。'

"'这么说你连海盗的影子都没有见着？'肌肉约翰有些嘲讽地问道。

"'没，没有。'

"'那他们拿走了什么东西吗？'老萝卜又问道。

"'燃料，还有一些生活补给品。其他的就没有什么了。'

"'这么说他是抓人质想要赎金了？'老萝卜又问道。

"'应该是吧，一定是。'斯坦说，语气中有些谄媚的意思。

"'大家都紧张起来！我都快破产了，要是被抓去了，还真的没钱去赎你们。'我爸爸说道。

"'我能干点什么。也让我帮帮忙吧！'斯坦说道。

"'你还是躲着吧。这个你比较擅长。'肌肉约翰没好气地说。

"斯坦蔫儿着低头，说不出话来。

"'你不是机械师吗？你跟着小梅和小宝，看看他们有什么要帮忙的。'我爸爸说道。

"'好的，好的。'斯坦赶紧凑到我面前，紧紧握住我的手，'你好，你好。幸会，幸会。'

"陶梅带着我和斯坦正要离开，老萝卜突然拉住我，在我耳边小声地说：'帮我多留意斯坦。'"

"斯坦是坏人吗？"小孙子突然打断爷爷的讲述。

"为什么这么问？"老人反问道。

"因为你好像不喜欢这个人。"小孙子说道。

"鬼机灵。不过现在我还不能告诉你，等我把故事讲完你就知道你猜得对不对了。"

"好吧。"

"今天我们就说到这里吧。你还得练钢琴呢！"

"再讲一会儿嘛！"小孙子撒娇地说。

"不行。你再不练钢琴，你妈回来又要骂你了。快去吧！"

小孙子嘟着嘴离开了。不一会儿，琴房里传来优美的钢琴声。老人并不知道小孙子弹的是什么曲子。他受过的教育不多，很多时候儿子和儿媳在餐桌上聊的事情他都听不懂。不过他现在却很喜欢这首曲子。

老人突然想起自己 10 岁时候的样子。那时候罗威尔城户外的空气依然不适于呼吸，他只能戴着氧气面罩满街乱跑。要是父亲不在家，那他就成了山大王。那时罗威尔只是一个小城，只有很少的房子和很多的工地。那时他对每条街每栋房子都了如指掌，不过如今的罗威尔早已经没有了曾经的模样。现在他站在市中心人潮涌动的广场上时，他似乎觉得自己是站在纽约或是上海的街头，丝毫没有了当初的归属感。当初他们这些人花了那么大的力气去改造火星，难道仅仅是为了复制另外一个地球？老人有些失望。

中午的时候，儿媳打电话来说平时来给祖孙俩做饭的钟点工今天有事来不了了，所以老人要亲自下厨弄点吃的了。

老人打开冰箱，却发现冰箱里除了果蔬和牛奶之外什么都没有。

"聪聪啊，午饭想吃什么啊？"老人向练不进去琴、跑来看热闹的小孙子问道。

"我不想吃这些东西。整天都是这些，我早就吃够了。"小孙子说道。

"那你想吃什么？"

"我想吃汉堡，不，我要吃火锅！"

"火锅？家里没有火锅啊！"

"那就去市里面吃啊！"小孙子还没说完却又犯愁了，"不过爸爸妈妈把车开走了，我们没法去市里了。"

老人看着小孙子，突然想到了什么。他有些神秘地说："也不一定。"

那台电动摩托车已经扔在车库很长时间了。它是老人最钟爱的坐骑，它曾经让他在各种比赛中出尽了风头。

"酷！"小孙子见到那辆摩托车时兴奋地叫了起来。

"你爸爸小时候就喜欢我骑着摩托车带他出去兜风。那时他对冒险、远航之类的事情可感兴趣了。不知怎么回事，后来书读得多了，人却呆了。"老人试着发动了一下，一切情况良好。

老人递给小孙子一个头盔。硕大的头盔套在小男孩细细的脖子上，显得十分滑稽。老人帮小孙子把头盔摆正，然后学着克林特·伊斯特伍德的腔调对他说道："怎么样，准备好了没有？"

小男孩兴奋地爬上高大的摩托车，然后展开双臂学作飞机的样子，嘴里面还念念有词。

老人自己戴上头盔，戴上手套，然后对后面张牙舞爪的孙子说："抓紧了。我要赶时间，你要是掉下来了，我可没工夫去捡你。"

小男孩又是一阵欢呼，然后摩托车呼啸着冲了出去。摩托车在公路上飞驰着，他们甚至可以听见风在头盔上摩擦产生的声音。

在众人惊异的目光中，老人把摩托车停在饭店的门口，然后把钥匙交给了瞠目结舌的服务员。祖孙俩牵着手，大摇大摆地走进了饭店。接过钥匙的服务员呆呆地站在那里，不知如何开动这辆老爷车。

午餐非常丰盛：涮牛肉，涮羊肉，甚至还有猪肉、鱼肉。小男孩儿被辣得不断地伸舌头喝水，却仍旧津津有味地大口吃着。

1个小时之后，他们只能捧着撑得浑圆的肚子，坐在那里说不出话来。

这时候一个服务生走过来礼貌地问道："请问你们还需要不需要一些饭后的果品？"

"不要了，谢谢。"老人礼貌地向服务生摆了摆手。

"这些果品是免费的。"服务员又说。

"真的不需要，谢谢。"

服务员有些诧异地摇了摇头。

那个服务员一离开，祖孙俩都哈哈大笑起来。

"斯坦后来怎么样了？"小男孩儿还在想着那个故事。

"斯坦？后来我们成了好朋友。"

"怎么会？"

"听我慢慢跟你说。"老人摆好姿势正要开始的时候，却突然忘了自己说到哪里了，"我讲到什么地方了？"

"讲到你们救了斯坦。"

"对，想起来了。我们救了人之后并没有遇见海盗，一路都很顺利，比原计划提前 3 天到达了土星附近。

"现在的土星已经非常壮观了。巨大的淡蓝色球体的周围是绚丽的环，凭肉眼就可以很明显地看见土星的环分成很多层，飘浮着很多冰块，而且开采难度比在土星的庞大的卫星上要小得多，是理想的曳冰场所。我们也遇见了很多来此曳冰的飞船，他们有的已经开始返航了。一艘和'来福号'相仿的曳冰船可以拖曳大约一千万方的冰，是飞船体积的五百倍左右。看过电视里播放蚂蚁拖运比自己大很多倍的物体了没有？这个比那个还夸张。

"我趴在舷窗上看着远处回程的曳冰船缓缓移动着。其实你并看不见船，只能看见远处缓缓前行的冰块。但即使是那块巨大的冰块在土星巨大身躯的映衬之下，依然非常的渺小。

"'太渺小了，是吧？'我循声回头，看见老萝卜站在我的身后。

"我有些害怕地看了看他，然后点头说：'有些不太起眼。'

"'的确。我们确实是很不起眼。再伟大的人，他的成就和这宇宙相比都不值一提。不过我们仍然要坚持下去，因为未来什么都有可能。'

"'我让你看着斯坦，你有什么发现？'我正奇怪他为什么要和我说这些，老萝卜却突然转变了话题。

"'斯坦还是唯唯诺诺的，见人都是点头哈腰的。不过他的机械技术很好，我和梅姐都很佩服他。'

"'好，我知道了。'老萝卜说完转身离开了。

"这几天我爸爸看我顺眼多了。我帮着陶梅和斯坦他们成功地处理了几次机械问题，就连陶梅偶尔也会夸我学得快。我自己也感到非常的充实，那是一种发觉自己正参与一项伟大的事业而且还能做出贡献时所产生的自豪感和满足感。这会让人感到真正的快乐。

"终于，'来福号'到达了目的地。此时巨大的土星已经占满了整个天际，它反射出来的光似乎比遥远的太阳还要明亮。

"接下来是老萝卜和我爸爸大显身手的时候了。一旦选中合适的冰体，他们就放出曳冰索。在曳冰索的尽头有遥控牵索机可以绕过冰块将其捆住，然后飞船再逐渐靠近将冰体绑牢。有时冰块的个头过大，或者在边角的地方有杂质，就需要用激光切割机进行切割，有时发现的冰块个头太小，也可以用激光切割机将几块冰焊在一起。

"虽然说起来很容易，但是即使像他们这样的行家通常也需要两天的时间才能完成选冰和捆冰。飞船的速度、位置和曳冰索的捆绑都非常讲究。有些时候还需要先对冰块的构造进行扫描才能算出最符合力学结构的绑法。

"老萝卜选中了在两万千米之外的一块冰。雷达显示这块冰很纯，形状也比较规整，大小在八百万立方米左右。如果可以搞定它，那么我们的任务就完成了一多半了。我们小心地在土星环中行驶着，并且不断地在雷达上跟踪那块冰。

"'那是什么？'老萝卜突然指着雷达的显示屏说道。

"在雷达的显示屏上有一个亮点，信号很强。

"'是艘飞船。个头还不小呢。'大龙说道。

　　"'它要干什么？'我爸爸问道。

　　"'他们盯上那块冰了。'老萝卜说道，'告诉他们我们已经先锁定了那块冰，让他们重新再找。'

　　"肥弗发送了信息。不一会儿，广播里传来了他们的回复：'这块冰是我们先发现的，你们需要再重新寻找。'

　　"'我们距离冰块更近而且处在冰块运行轨道的后方，按照惯例这块冰应该属于我们。'老萝卜回复道。

　　"'是星际运输公司的飞船。'肥弗从雷达上辨认出了对方的机型。

　　"'先到先得。'那艘飞船回复说。

　　"'弗兰克，加速行驶。'老萝卜说道。

　　"'这些小兔崽子们！'肌肉约翰破口大骂起来。

　　"当我们赶到那里，那艘星际运输公司的曳冰船已经在那里开始捆冰了。

　　"'再警告一次，这块冰是我们的，请马上离开。'老萝卜又通过广播喊道。

　　"'先到先得。'对方仍是这一句回复。

　　"'大龙，跟我到操作舱来。'老萝卜说道。

　　"我和其他人站在驾驶舱正搞不清状况时，突然看见对方船上的曳冰索闪出了几下火花，然后全都断开了。

"'警告，这是攻击行为。'那艘船说道。

"'我们的激光切割机已经瞄准了你们的引擎舱，如果不马上离开的话，你们就知道什么是攻击行为了！'老萝卜在操作舱里向那边喊道。

"对方的飞船沉默了一会儿，然后回复说：'你是赵虎吧？'

"'无可奉告。现在马上离开。'

"'你们会后悔的。'那艘飞船加速离开了。

"我高兴地跳起来，结果头重重地磕在了天花板上，其他人也都哈哈大笑起来。

"我爸爸和老萝卜两人忙了两天，终于'来福号'拖着重达一千两百万吨的冰块缓缓开始返航。'来福号'按照螺旋的轨道，逐渐而缓慢地挣脱土星的控制。在这个过程中，老萝卜还要对绑好的冰的姿态进行微调，以达到最稳定的状态。

"由于没什么工作，我常常和大龙他们一起聊聊天，打打牌，玩些电子游戏什么的。老萝卜让我多注意斯坦，我也一直没有放松。不过这个人老实得很，跟谁都是客客气气的，看不出有什么可疑的地方。

"我和大龙常常争论我和他谁的力气更大。两个人吵了几天，依然没有结论。肌肉约翰实在忍不住了，就说：'你们掰一掰手腕不就行了吗？'

　　"于是我们两个人就坐在厨房的椅子上，用安全带将自己绑牢，开始较量起来。肥弗和约翰则在一旁不断地撺掇起哄。

　　"我和大龙僵持了很长的时间。肥弗和约翰则在一旁不断地给我加油鼓劲。这时陶梅竟然也站在一边饶有兴趣地看着。看见她站在那里，面若桃花，我恨不得当时就把大龙摆平了。不过我们两人实在是旗鼓相当，不一会儿我们的汗珠就开始'飘'起来了。突然大龙怪叫了一声，整个人一下子翻了上去，若不是我和他的手一直紧紧握着，他一定要趴到天花板上去了。约翰和肥弗则笑得在空中不断地打滚。原来肥弗趁大龙不注意，悄悄解开了他的安全带。

　　"'你们两个人敢阴我，看我怎么收拾你。'大龙反应过来后向他们两个人破口大骂起来。其他人更是笑得前仰后合。

　　"这时斯坦从外面冲进来，慌张地说：'不好了，出事了！'

　　"等我们来到驾驶室，老萝卜和我爸爸已经在那里了。他们盯着大屏幕，默不吭声。

　　"'出什么事了？'肌肉约翰问道。

　　"'我们的飞行路线出现问题了，"来福号"现在已经被木星的引力俘获了。'斯坦说道。

　　"'怎么可能？'大家都很惊诧。

　　"肥弗走到操作台前，快速地计算了一下，说：'不错。我们现

在已经成了木星的卫星了。'

"'那怎么办？'我问道。

"'不知道。我们现在这么重，不知道什么时候才能加速到逃逸速度。即使我们成功逃逸了，我们那时候的方向可能也需要很大的调整，那样一来我们可能无法按时交货了。'肥弗说道。

"肌肉约翰突然冲过去，掐住了斯坦的脖子。巨大的冲量使得两个人重重地撞在对面的墙上。

"'说！是不是你搞的鬼？'约翰恶狠狠地说。有了上次的教训，这次一出事约翰第一反应就是出了内鬼，而这个内鬼一定是斯坦。

"'不，不是。'斯坦断断续续地说。

"'你还敢说你不是海盗派来的奸细？'约翰又吼起来。斯坦被约翰卡住脖子，说不出话来。

"'约翰，你先把他绑起来，待会儿再处理他。'我爸爸对约翰说。

"肌肉约翰像抓一只小鸡一样地将斯坦按在一张椅子上，然后扯下斯坦的腰带把他绑在那里。

"'我们现在怎么办？'我爸爸问老萝卜。

"'我们朝木星的近轨道去。'

"'什么？'我觉得老萝卜的每次决定都可以让我感到震惊。

"不过我爸爸却兴奋地说：'好主意！到近轨道去可以利用势能

帮助我们加到足够的速度。而且近轨道的周期既不太长，又有充足的时间让引擎加速。好主意！'

"大家分头忙了起来。大龙和约翰去帮老萝卜和我爸爸两人调整后面的冰山的位置，防止因为突然转向造成冰体碎裂或是曳冰索断开。我和陶梅则去反应堆那里调试，争取使反应堆再增加一些功率。不过反应堆已经十分接近满负荷运行了，我们能做的只是些可有可无的优化而已。

"舷窗外木星的个头越来越大，它那橙红的巨大身体就像我爸爸醉酒后的眼睛扩大了无数倍，让我不寒而栗。

"'都怪星际运输公司的那些浑蛋！也怪这木星，没事长这么大的个头干什么！'我有些蛮不讲理地发着火，就像一个不懂事的孩子在摔倒之后总会去责怪火星一样。

"'其实若不是木星有如此巨大的质量，很多流星就会进入火星甚至地球的轨道，威胁人类的生存。我从前也像你这样痛恨木星，我妈妈所驾驶的飞船就是坠落在木星上面的。'

"我惊讶地看着陶梅，嘴张了半天才说出了一句：'什么？'

"她没有理会我的惊讶，继续说道：'但是后来我慢慢想明白了。木星并没有过错，它只是一个没有任何偏向性的巨大气体球而已。我们应该爱憎分明，而且这就是我们曳冰者的生活。我们每天都要面临这样的危险。你知道吗，每个人都曾是粒粒星尘，

所以太空才是我们真正的家园。我妈妈只是回家了而已。'

"我点了点头：'我能问你妈妈的事故是怎么回事吗？'

"'不能。'陶梅干脆地回答道。

"'哦，那我就不问了。'我知趣地闭上了嘴。

"'来福号'成功地完成了转向。我们也明显感到了飞船的加速，大家也都松了一口气。危机解除之后，大家又想到了斯坦。其实我们对斯坦都有所怀疑。毕竟如果'来福号'有人捣鬼，那么一定是他。

"'再不说实话，就把你扔出去。'约翰说道。

"'你们救了我，我感激还来不及呢，怎么会去害你们呢？'斯塔申辩道。

"老萝卜听了，沉默了一会儿，然后说：'大龙，还有约翰。你们把斯坦带到外面溜达一圈，直到他说实话为止。'

"'外面？哪里？'大龙不解地问道。

"'飞船外面。'老萝卜面无表情地说。大家听了都面面相觑。

"'不要，不要。我说的都是实话，我真的什么也没干！'斯坦惊恐地叫起来。

"'你们还在等什么？'老萝卜见大龙和约翰有点犹豫，就朝他们吼道。

"两人只好把斯坦架起来，然后开始往驾驶舱外面拖。斯坦此时已经说不出完整的话了，只是惊恐地叫着。

"就在这时肥弗突然喊道：'等等！'

"大家都停下来看着肥弗。他语气凝重地说：'也许真不是他干的。'

"'什么意思？'

"'我们的飞船又偏离航道了！'肥弗说道。

"在大屏幕上，'来福号'的行驶轨道和预计轨道已经走出了很大的偏差。

"'怎么回事？'我爸爸问道。

"'我也不知道。我明明设定好了轨道，而且在刚才检查的时候飞船还在按计划航行。没想到我和土卫六上面的测距点进行校对后却发现我们偏了这么多。'

"'按照目前的航线，恐怕我们要坠入木星了。'肥弗大概分析了一下数据，然后有些绝望地说。"

老人说到这里，停顿了下来，似乎陷入了回忆。

"在调整航向之后，斯坦一直是被捆起来的。那么也就是说他是无辜的。如果他不是坏人，那么谁是坏人呢？"小孙子在一旁分析道。

"不错。斯坦的确不是坏人，而且'来福号'上根本就没有坏人。"

"那怎么可能？"

"想不明白吧？告诉你吧，当时'来福号'的主机中毒了。"

"怎么回事？"小孙子很费解的样子。

"是老萝卜发现这个问题的。他在飞船的主机上发现了一个极为隐蔽的电脑病毒。这种病毒可以欺骗船上的导航系统，偷偷地改变飞船的航线。

"'还记得跟我们抢冰块的星际运输公司吗？他们一定是在广播中加密了电脑病毒，造成"来福号"的主机被感染了。'老萝卜说道。

"肌肉约翰放开斯坦，有些歉疚地看看他，不知道该说什么才好。

"'现在我们该怎么办？'我爸爸问道。

"'必须杀毒后，重启主机。'老萝卜回答。

"'重启最起码要半天以上。如果现在飞船失去动力，我们很快就要葬身木星了。'我爸爸又说道。

"'我们可以手动驾驶。'

"肥弗也提出了异议：'我们现在所处的环境太复杂，手动驾驶稍有不慎就会让我们送命的。'

"'不能再按照原来的轨道行驶了。我们必须丢掉一部分的冰，然后直接加速，摆脱木星。'老萝卜说道。

"大家沉默了。显然这是唯一可行的办法了，但丢弃冰块就意味着我们这次航行失败了。按照合同我们应该拖回一千万吨的冰，如果不能足量完成就会造成违约。而违约是我爸爸最不想看到的。

"'我们至少要扔掉多少的冰？'

"肥弗计算了一下，然后回答：'五百一十万吨。'大家再一次陷入沉默之中。

"我们扔掉了五百多万吨的冰块，然后勉强离开了木星。大家的情绪都很低落，毕竟突然一下子就失败了，谁都很难接受。我当时就难过地哭了起来……不要笑话我，当时谁处在那种环境中都会感到难受。约翰和大龙他们也没了说说笑笑的心情，他们只是拍了拍我的头，叹着气离开了。"

祖孙两人吃完饭从饭店里出来，又在罗威尔城的街道里转了两圈，直到下午太阳快落山的时候，他们才回去。

还没到家门口，就见老人的儿子远远地从屋子里冲出来，不停地招着手，嘴里还在不断地说着什么。

"完了。这下你爸爸又该数落我了。"老人对坐在身后的小孙子说道。

老人刚刚把摩托车停下，儿子就冲了上来："你们今天上哪儿去了？"

"去城里了。"老人回答。

"去城里了？就骑着这个东西？"

"是啊，怎么了？"

"爸爸，您知道我下午打电话回家家里没人接电话的时候我有多担心吗？我正开着会就直接赶回家了。您也不想想您都多大岁数了，这老摩托车都多大岁数了。这该多危险啊！"

"危险？我没觉得。"老人满不在乎地说道。

"还有聪聪你也太不懂事了。你整天在家也不学习，光知道玩。你现在的水平，去地球上怎么能跟得上人家的课程？"

晚上老人的儿媳也回家了。她回家的第一件事就是检查小男孩的钢琴，结果她很不满意。当她听说了老人带着小孙子去罗威尔城里转了半天之后，更是怒不可遏。

"你们到底想要聪聪怎么样？你们把他送得这么远，你们忍心吗？"老人不高兴地说道。

"爸，这个事情我们不是讨论过了吗，这是为聪聪的未来着想。再说了，现在到地球最快只要几天，并不是很远，他放假的时候还能回来。他有的是时间，可以常常回来。"

"他有，但是我没有时间了！"老人愤怒地撒下这句话，然后离开了。

老人晚上也没有吃饭，一个人待在卧室里生闷气。

晚上睡觉的时候，小孙子又跑来找自己的爷爷，手里还端着一块蛋糕。

"爷爷，我不想去地球，那里太远了。"

"其实地球是很好的地方。风景很美，而且人多很热闹。再说地球根本不算远，我还去过海王星那里呢！"老人接过蛋糕，吃了两口。

"但是在那里我就不能天天看到爷爷了。"

"不是还有视频电话吗？"

"我不喜欢电话。"

"我也不喜欢电话。电话里你就没办法帮我拿蛋糕了。"

"爷爷，再给我讲故事吧！"

"今天算了吧，爷爷有点累。明天再给你讲。"老人感觉有些不舒服。

"爷爷？"

"嗯？"

"是不是生活就像你们曳冰一样，总是那么艰难？"

老人愣了一会儿，回答道："是的，生活中总是有你意想不到的困难，一件接着一件，直到你无奈退出为止。"

"你们最后退出了？"

"聪聪，你知道我多么想告诉你，我们坚持到了最后一刻……但可惜的是，后来我亲手把'来福号'卖给了星际运输公司。"

"为什么？"

"那是很多年后的事情了。你太爷爷早就不在了，你奶奶也去世了，所有的私人曳冰船都破产了，政府也不再雇用我们了。那时连象征性的坚持也没有了任何意义，我们只有认输离场。"老人的表情里没有悲哀，也没有无奈。

"但你们是那么的勇敢。"小孙子说着，声音里有了些哭腔。

"当你长大了，你就会明白，生活有时候并不奖赏勇敢者。"

小孙子离开后，老人躺在床上依旧睡不着。年纪大了之后，睡眠就变少了。他常常不知道该如何打发这漫漫的长夜。当他睡着时，他梦见了"来福号"——那艘斑驳的旧船孤零零地待在那里，飞船外层的保护膜时不时地会从船体上剥落下来。他的朋友们都站在那里，默默看着"来福号"。在他身边，一个美丽的女孩儿站在那里，脸上带着淡淡的微笑。

第二天清晨的时候，老人没有醒来。

他再也没有醒来。

葬礼将于第二天举行，老人的儿子此时正在屋里收拾老人的遗物。老人的东西并不是很多，除了衣物之外，只有一只大箱子。打开箱子，里面放着一些锤子、扳手之类的东西——应该是他当年所用的工具。里面还有一张老式的3D照片，照片上是一个微笑着的美丽姑娘。

"这是奶奶吗？"不知道什么时候，聪聪来到了房间里，他指着这张照片问道。

老人的儿子正看着照片发呆，他沉默了一会儿才说："是的。这就是你奶奶。怎么样，她很漂亮吧？"

聪聪点了点头。

"爸爸，人死了之后有灵魂吗？"

小孩儿的父亲沉默良久，然后摇摇头说道："不知道。但我希望有，这样我们就能和爷爷说话了。"

"那灵魂能从火星飞到地球吗？"小男孩儿又问道。

老人的儿子有些哽咽地说："你爷爷是最棒的宇航员，我想他一定能。"

"'快速六号'！"聪聪从箱子里抓出了一个飞船模型。

"真的是'快速六号'！"老人的儿子接过那个模型，会心地笑了出来。

"在我还很小的时候，我经常会摆弄你爷爷的航模收藏。弄丢了，弄坏了，他从来不说我。但是唯独我不能碰'快速六号'，说它是'来福号'的护身符，必须小心保存。如今'来福号'都已经不在了，没想到这个模型却依然还在。"

"爷爷说他最后还是卖掉了'来福号'，这是真的吗？"

"他当时别无选择。不过他们是最后还在坚持的人。'来福号'是最后一艘个体经营的曳冰船，如今的历史书上还有你爷爷的名字。"

"如果他们注定要失败，那么他们的努力还有什么意义呢？"

"要想知道自己是不是注定失败，只有一个办法，那就是坚持到最后。Battles are lost in the same spirit in which they are won，将来你会知道这句诗是什么意思的。我小的时候特别喜欢听他讲他们远航的故事，就像你一样。"

"爷爷没有把故事说完。"聪聪说道。

老人的儿子愣了一下，然后摸了摸儿子的头："是吗？的确爷爷走得太匆忙了。不过他一定想让你把故事听完。这样吧，坐到床上来，我来给你讲。"

小男孩儿抱起那个"快速六号"的模型，坐在床上，然后说："爷爷讲到他们丢掉了冰块，然后逃离了木星。"

"讲到这里了？下面该你爷爷大显身手了。"老人的儿子开始回忆。

"就在大家还在难过的时候，老萝卜又提出了一个疯狂的计划——'打劫彗星'。雷达显示在'来福号'的前方有一颗彗星。彗核的含冰量在 60% 以上，所以他们可以弄些彗核来充当冰块。这就像开着一架喷气式战斗机去追一颗导弹，然后再把它拆除一样，可行但是从来没有人干过，不过这次大家对老萝卜却非常支持。

"经过一段时间急刹车，'来福号'靠近了这个巨大的彗星。

"彗星非常非常的丑。它的表面呈黑色，布满了各种裂纹和小孔。这是一颗周期为 2500 年的彗星，在以前经过太阳附近时其中的一部分水分和气体受热从表面喷出，造就了这样丑陋多孔的样子。

"'这东西上面有冰吗？'大龙问道。

"'这是个脏雪球。但是大部分依然还是冰。'肥弗回答道。

"'这玩意儿好切割吗？'约翰有些担心地问。

"'放心吧！除了液体和气体，激光切割机什么都搞得定。'

"这是一颗大彗星，老萝卜只选择了彗核突出一角上面的很小的一部分。而这一小块彗星的重量预计要超过七百万吨（因为彗核的杂质比较多，所以要多取一些）。

"老萝卜顺利地将那块彗核切了下来。你太爷爷则在一旁放出曳冰索，小心地去绑这块冰。绳索顺利地绕过这小块彗星，然后开始缓慢缠绑。但所有人都忽略了一点，那就是这颗彗星有着极低的自转速度，令人难以觉察。正是因为自转的缘故，彗核的主体撞到了他们从土星上带来的冰块。就在他们要大功告成时，整个船体突然剧烈地摇晃起来。他们这才发现原来带来的那块冰块和新绑好的小块彗星已经撞在一起了。几根曳冰索断开了，还有几根曳冰索前面的牵引机也不知去向，整条绳索都和其他的曳冰索缠在了一起。

"'我们能用激光切割机把这些绳索割断吗？'你太爷爷问老萝卜。

"老萝卜迅速分析了一下受力的情况，然后回答：'不行。如果不小心把这几根好的绳索也割断的话，我们就拉不住这两块冰了。我必须出舱作业。'

"'不行！你是船长，让我出去。'你太爷爷说。

"'还是让我来吧。我对于出舱工作比较有经验，再说这活又不是多危险。'老萝卜说道。

"'不行……'

"'我是船长，我说了算。'老萝卜坚持道。

"你太爷爷看了老萝卜好久，然后说道：'好吧。不过千万要小心。'

"你爷爷和其他人一起担心地看着老萝卜穿上宇航服，然后顺着飞船背部的出舱口来到了真空中。就在这个时候，一直在驾驶室里操作雷达的肥弗通过广播对老萝卜说道：'船长，您得快点儿了。前方有一群碎石，可能需要用激光来拦截。到时产生的残渣可能会对你的宇航服造成破坏。'

"'这么倒霉！还有多长时间？'老萝卜问道。

"'3分钟，最多4分钟。'

"'3分钟？够了。'

"说着，老萝卜将宇航服的推进器开到了最大，熟练而轻巧地绕过飞船背部的雷达和其他设备，即使接近尾部的时候仍然没有减速。只见他猛地抓住'来福号'尾部一根曳冰索，整个身体潇洒地画了个弧线，翻到了飞船的后面。总共用时只有2分钟左右。

"他先用便携的激光器仔细地切割已经断开的曳冰索，然后再用手抓住绳索，依靠推进器的力量把绳索拖开。虽然这些绳索都是用很轻的碳纳米材料做成的，但是每根绳索都很长而且有人的胳膊那么粗，所以整条曳冰索的质量还是很大的。虽然几乎没有重力，但是要拖动这些绳索还是十分费力。老萝卜用了好几分钟才解开了第一根绳子，还有三根要解。与此同时，你太爷爷则不停地用激光切割机对迎面飞来的大块碎石进行破碎，破碎后的细小石块则像速度极快的雨滴一样打在'来福号'的背部。老萝卜所处的尾部由于船体和冰块的保护，暂时没有受到流石的侵袭。

"老萝卜接着又吃力地解开了一根绳索。然后是另外一根。终于他把最后一根绳索也解了下来。大家都高兴地欢呼起来。

"'干得漂亮，老萝卜！'你太爷爷通过广播对老萝卜高兴地说。老萝卜在舱外挥手向我们致意。

"'船长，你现在不能原路返回了。目前出舱口那面的碎石还是太多，不安全。'肥弗在驾驶室又说道，'在飞船尾部有个小舱，

以前是用来存放出舱机器人的，和飞船内部并不相通。你可以暂时先到那里去，等这段碎石过去之后再从出舱口那里进来。'

"'好的，没问题。'老萝卜回答道，听声音也知道他的心情很好，'我在外面看一会儿风景，你们还有谁要出来陪陪我。'

"大家又哄笑起来。可就在这时，两块巨大的冰块突然地挤压开来，喷出了几块巨大的碎片，其中一块击中了老萝卜。他在空中转了很多圈，接着撞在一根曳冰索上面，然后没有了动静。

"'赵虎！'你太爷爷通过广播使劲地叫他，但是没有任何的反应。

"'快遥控宇航服，把他停在安全的地方。'大龙通过广播对身在驾驶室里的肥弗喊道。

"'宇航服的推进器没有反应，可能是坏了。'肥弗回答道。

"陶梅突然显得很激动：'给我件宇航服，我要出去救他。'

"'你是个女孩，这事应该我去。'你爷爷抢着说。

"'你们谁也不能去。外面全是流石，谁也过不去。'你太爷爷说道。

"'那怎么办？'你爷爷和陶梅一齐问道。

"'他现在生命体征如何？'你太爷爷没有搭理他们两个人，而是转身问大龙。

"'暂时正常。但是监视器显示宇航服里的压力开始下降了，说明有漏气现象。我们需要马上把他救进来。'大龙回答。

"'我要出去救他!'陶梅又喊道。

"'太危险了!'你太爷爷向她说道。

"'我不管,他是我爸爸。我不能看着他不管。'陶梅说道。

"大家一下全都愣住了。肌肉约翰惊讶地问道:'他是你父亲?'

"陶梅没有回答他的问题,依然坚持道:'我要去救他!'

"'也许我有一个办法。'这时一直站在旁边的斯坦说道。

"'什么办法?'

"'飞船的尾部并不是没有和外界联通的地方。'斯坦说道。

"'哪里?'

"'垃圾处理室,我们平时从那里把垃圾扔到太空中的。我们可以从那里出去。'斯坦说。

"'但那个垃圾投放口很小,人很难钻得过去,穿上宇航服之后就更不可能了。'你太爷爷说道。

"'不用穿宇航服。那个垃圾口和弗兰克刚才所说的那个存放机器人的舱室,以及老萝卜正好处在一条直线上,而且距离很近。如果一个人从垃圾口冲出,只要几秒钟就可以抱着老萝卜冲进那个舱室。我刚才检查了那个舱室,外面的门可以合上。'

"'但是那个舱里没有空气啊?'你太爷爷又问道。

"'那里有几个废旧的电路口,稍加改装一下,我们就可以向里面鼓入空气。’斯坦又说道。

"你太爷爷看了看斯坦，然后说：'也没有别的办法了，你现在就过去准备吧。我从垃圾口那里出去。'

"'二爷，恐怕不行。我刚刚检查了那个口。实在是太小了，大人都过不去。'大龙说道。

"'那我去！'陶梅抢着说道。

"'我去！'你爷爷这时也抢着说，'我的个子比你小，再说这事本来就该让男的来。'

"'小宝说得没错，这事应该是他来。'你太爷爷一句话结束了他们的争论。

"你爷爷和其他人来到垃圾口那里。那里果然很小，成人无法穿过。你太爷爷拍了拍你爷爷的肩膀，然后有些紧张地说：'你钻过去之后，我们一按按钮外面的舱门就会打开。这时你就有可能被带出去，所以在舱门打开之前一定要吸足一口气，并且抓紧门上的栓子。你冲出去的时候要快、要准，因为你在空中没有动力，只能靠惯性——你是好样的，一定能行。'

"你爷爷也没有再说什么，顺着狭窄的垃圾道勉强地爬了进去。里面此时还存放着一些垃圾，空气中散布着难闻的气味。

"'小宝，准备好没有？'外面你太爷爷喊道。

"'再等等。'你爷爷深深地吸了口难闻的空气，紧紧抓住门后

的栓子，然后对外面喊道，'好了！'

"'3，2，1！'

"舱门打开之后，舱内的空气在瞬间就冲了出去，你爷爷紧紧地抓住门的把手。等到再也没有空气向外排出的时候，他感到了刺骨的寒冷。他感到自己的血管既要爆炸开来同时又要凝固了，浑身说不出的难受。

"前面大约十米的地方就是老萝卜，他一条腿挂在绳索上，已经失去了知觉。

"你爷爷回头看了看后面，什么也看不见。现在已经没有空气了，里面的人不论说什么，他也听不见了。他瞄准老萝卜的方向，猛地一蹬腿，一下子飞了出去。你爷爷抱到老萝卜之后，将他的腿从绳子上拿开。此时他觉得自己的四肢快要失去知觉了。他用尽最后的力气，踩了一下绳子，冲进了那个原来停放机器人的舱中。他们刚一进来，身后的舱门就闭合起来。你爷爷眼前一黑就昏了过去。"

"爷爷太帅了！"小男孩兴奋地大叫起来。

"你也这么认为？"老人的儿子说。

"后来怎么样了？"小男孩又问道。

"等你爷爷醒来之后，他发现自己已经在休息舱中了。大家全都围在一旁，看着他笑着。这时老萝卜走过来，郑重地伸出自己的右手。你爷爷愣了一下，然后握住了老萝卜伸出的手。后来你爷爷告诉我，正是从那刻开始，他知道了成为一名男子汉是什么样的感受了。

"等他恢复的时候，'来福号'已经带着足量的冰按时地来到了火星轨道上。第二天他们就可以把冰投入到大气层中。

"当时轨道上停着上千艘的曳冰船和曳气船。曳气船将从土星和木星带来的大量氮气从高压罐中释放出来，让它们顺着火星的引力缓缓融入大气中。由于气体之间的摩擦，你可以清楚地看见大气中带状的红光。而冰块投入大气时的场面更加壮观，太空中看来，这些冰块就像无数盏霓虹灯，闪着美丽的光芒。

"'很壮观吧？'陶梅对着正看得发呆的你爷爷说道。

"'嗯。我回到火星的第一件事就是去北极看看冰块从天而降是什么样子。'你爷爷说道。

"'好啊，我们一起去吧！'陶梅又说道。

"你爷爷有些惊讶地看了看陶梅，然后高兴地点了点头。

"'谢谢你救了我爸爸。'

"'老萝卜真的是你的爸爸？'你爷爷问道。

"'不错。当时他和我妈妈分别是两艘曳冰船的船长。他们虽然相爱，但却都很好强。一次在执行任务的时候，他们两个人非要比一比谁的船先返回火星。我爸爸的船先走了，可我妈妈的船

却遇到了海盗。她的船被击坏了，然后沉重的冰山带着他们坠入了木星。所以我一直都很恨他，觉得他没有照顾好妈妈。'

"'你现在不恨他了？'

"陶梅摇了摇头：'不是特别恨了，但是我现在还是不想理他。'

"'其实这并不是他的错。是海盗害了你妈妈。一个人应该爱憎分明，这不是你说过的吗？'你爷爷开导她说。

"'也许吧。这就是我们的生活，死亡和离别是我们每时每刻都要面临的问题。也许勇敢地活着，勇敢地死去，是一种高贵的活法。'陶梅说道。

"'我同意。'这次你爷爷由衷地说。"

"陶梅是我奶奶吗？"小男孩儿突然问道。

"你觉得呢？"

"我希望她是。我很喜欢她。"

"如果她能活着见到你，她也一定很喜欢你。"老人的儿子又说道。

"这么说她是我的奶奶了？"

老人的儿子又拿起那张照片："这就是陶梅，我的母亲。"

"太好了！"小男孩儿高兴地说。

葬礼是在罗威尔城的老港口举行的，这里现在已经改成了博物馆。按照老人的遗愿，他的骨灰被装进一个金属小球里面，然后由电磁炮弹射到太空中。

葬礼的当天来了很多人。他们都没有特别伤心，只是安静地聚在一起说着老人年轻时的故事。小男孩坐在一旁，抱着"快速六号"的模型，看着这群已经白发苍苍的老人。

"你手中的是'快速六号'吧？"突然，一个很老很老的人向他问道。

小男孩点了点头。

"要知道那么多年，我们都多亏了它的保佑。"那个老人戴着一副老花镜，背驼得很厉害。他吃力地坐下，转过堆满皱纹的脸朝小男孩笑了笑。

"你一定是聪聪。"那个老人又说。

小男孩又点了点头。

"你长得很像你的爷爷。"

聪聪没有说话，只是有些紧张地看着他。

"我是斯坦，很高兴认识你。"那个老人说道。

聪聪一下子笑了，伸出自己的小手，高兴地说："你好，斯坦。"

方外昆仑 / 陈凡祎

极端烧脑

　　船队抵达简罗港时，林士仲便觉得事有蹊跷。按照以往的经验，大唐商队行至此地应是最后一程了，再往西便只有故临港。故临乃是天竺最南端的港口，与简罗之间仅有七日航程。可眼下，林家船队却在筹备史无前例的庞大给养，这远不止七日所需。码头上那些十八丈的大船，船头船尾都堆得满满当当，怕是搬到天黑也装不完。

　　林士仲所乘的商船本是林家船队中最大的一艘，可现在吃水线压到了顶，看上去反倒比护卫的海鹘船还低半分。船队在故临共停泊三日，林士仲便在码头上盯了三天，眼见自家商队近百艘船只一股脑儿地装些淡水、干粮，不觉暗暗咋舌——他心里盘算过，船队自广州港出航至此地，中途共补充过四次给养，可这五份儿加一起，也比不上这三天装的多！

　　林士仲寻思道："如今的目的地，多半不会是故临了。"可三天后船队起航时，仍旧望西而行，这下他更是迷茫，但也算不出这远航去往何地。"或许是天竺闹灾荒，大掌柜要贩一趟米粮？"林士仲这般想着，自己反倒摇了摇头，"没可能，堂兄他以往的买卖从没这么小本小利过。"他想来想去，觉得还是直接问问掌柜大当家才好。

林士仲所住的舱房与林家大当家林百万在同一船上，但林士仲在商会中专管关税事宜，并不是航海船工。所以依着传统，两人在海上从不谈论行船的事。不过林士仲觉得，偶尔找堂兄问问航向，也不算坏了规矩，便径直上了顶舱。

到了林百万房前，林士仲先整了整衣服，又将手中纨扇翻出字面朝外，正想着待会儿见面是说"无他否"还是"子敬兄别来无恙"，却见一名船工开门出来，手中正提着一桶水。船工见到林士仲，忙点头招呼道："四掌柜好，您找当家的吧？不巧他可不在房里。"

林士仲应道："不妨事，他此刻的所在，我倒也猜得着。"他望了望西边的余晖，便又直下底舱，往酒窖去了。

一、海商王

林百万一早起来，就发现自己又睡在了储酒的船舱里。他倒也不急着起身，先打量打量手中酒碗，似还剩着小半的果子酒，如今唐商行船多会带这种醴酒，不过林百万喜好吴酿，船上会专门为他另备些黄酒。

"昨晚肯定又是混着喝了，难怪醉这么快……"林百万这般想着，把碗里发酸的酒全倒进嘴里。待站起身时，才发现自己身上披了一条毯子，想来是昨夜睡这儿又被谁撞见过。他将毯子收到一旁，便推开舱门打算回房去再睡一觉。

酒窖所在的底舱共有舱室十五格，原本能储货四万石，如今全储着淡水和给养。林百万一路上随手抓些吃吃喝喝，跟船工、伙计们打打招呼就上了顶舱。海船上原本就颠簸，他又是宿醉方醒，身子虽晃荡，脚下却走得很稳。

林百万一回到自己的房间，便蹿上床去。现在日已近午，他往舷窗外看去，正是一丝云彩也没有，海面显得愈加平缓，看来这几日行船都有好天气。他从身上摸出三枚铜钱，自己卜了一卦，又出了个"水地比"的大吉之相，心情更是格外好。想到自己身在海上，便忍不住呵呵地笑出声来，那些琐碎的烦恼也连带着醉意烟消云散了，就连老家闹兵乱的事儿也不再上心——作为大唐的海商王，还有什么比待在海上更让人安心呢？

林百万越想越自在，只觉得这酒喝得太快，便想找个人来共饮。不过这船上除了林家船队的船工，便是林家商行的伙计，委实不尽兴，想想也只有去酸丁那儿找乐子。

从底舱抓上来的酒囊还剩两个，林百万把它们别在腰上，就往船舱顶棚去，刚爬到架子中间，就听上面一人吟道："白云照春海，青山横曙天……"林百万伸头上去，大喝一声："你这酸丁，吟此反诗！"喊完赶紧缩回舱，就听上面"啪"的一声，想来是林士仲那把纨扇又吓脱手了。林百万心中甚是满足，这才施施然上了顶棚。

　　林士仲此时正扶着栏杆东张西望，见林百万独自上来，才算松了口气，但还是急着解释道："堂兄你莫、莫误会，骆临海这篇《海曲书情》，调露年间就写成了，大圣皇帝也是称赞过的。"林百万抢前一步，捡了林士仲的扇子，连酒囊一起塞到他手里，道："真当回事儿啊？不就是骆宾王一句诗吗？"说着从褡裢里抓出一把干果，搁到林士仲手上，又道："现在跟调露、嗣圣不一样啦，武氏和英国公，说不清谁是正统。再说，如今反贼都抓不完，谁还抓反诗？"

　　林士仲接了酒囊，却不急着喝，只嚼着干果道："堂兄你昨晚刚醉在货仓里，怎么一大早又来了酒兴？"

　　"天儿热嘛，天儿热就想喝酒。"林百万嘿嘿笑着，自己解下另一袋，"咱们船队出海都一个半月了，如今过了筒罗便全是热天气，下次睡酒窖，就不用给我拿毯子了。"

　　"堂兄你说到筒罗港，我看到咱停船这三天……似乎办了不少货啊。"

林百万拍了拍栏杆，对林士仲说："子聪啊，我知道你早发现了。这次的储备量特别大，航向也和以往不同。"

林士仲抬头道："昨日我便想问。咱们这趟出海，不是到故临吧？"

"嗯。那故临港确实不能进，但故临国还是要过的。你现在专门应付市舶司，这里面的门道你比我清楚。"林百万举酒囊跟堂弟碰了碰，接着说，"至于目的地嘛，是丝绸之路的下一站。"

林士仲听罢，便也不再追问，只是摇摇扇子，又吟起了《海曲书情》："江涛让双璧，渭水掷三钱……"

时年正是唐乾符六年，李唐王朝正在此起彼伏的叛乱中日渐式微。但随着经济中心的南移，唐代的海上贸易却逐年兴旺，形成于秦汉时期的"海上丝绸之路"成了商客云集的黄金航线。此时，唐商中最为世人所知的乃是航海家林銮的海商家族。林家的海商王名号已传承两百年，如今的大当家便是林百万。

正当林百万一统南海贸易时，却听闻黄巢起义军渡江南下，连克饶、信等州，直逼海岸而来。他眼见泉州港的祖业难以保全，便想举家避祸，而林家引以为傲的船队此时却无处可藏，正在他焦头烂额之际，又碰上族弟林士仲自郓州弃官逃回，说是亲眼看到义军对郓州商户大肆劫掠。这下林百万更加认定留守福建是坐以待毙，当下把心一横，率领整支船队自泉州离港，先至广州备齐出海给养，随后便远航南洋，却是一招"行商避祸"，将全副家底藏到了海路上。

此时，林士仲吟完全诗，林百万亦喝光了一袋酒，正靠在栏杆上出神。身后近百艘巨舶浩浩荡荡地遮住了小半视野，正是号称大唐第一的林家船队。林士仲把自己那袋酒递给林百万，道："堂兄，等这一趟走完，兵乱就该过去了吧？"

林百万接过酒囊，拱拱手说："差不多，咱们这一趟要走大半年呢，乱军在南方挨不过春末的。"

"那就好，那就好……"林士仲想了想，又问道，"以往从广州港出航，肯定要带些茶叶、丝绸。这次怎的把大半舱房留给了粮食、淡水，光带银钱可换不来多少稀罕物啊。"

林百万哈哈一笑道："子聪你当了几年官儿，老把式倒还没忘。黄巢攻广州那是迟早的事儿，没时间办货啦。再说，这一趟要贩的可不是犀角、樟脑之流，我们要带回去的是……"林百万往林士仲身边凑了凑，压低声音说："昆仑奴。"

二、昆仑奴

唐初之时，肤色各异的海外人种开始出现在长安的客商行伍，甚至奴隶市场中，而在这些异邦奴隶之内以南海商客贩来的昆仑奴最为抢手。这些人最初由大食商人购自哈米尔（注：今摩加迪沙）的奴隶市场，再经海运带入唐土。他们外貌皆为卷发黑身，且个个骨架宽大，肌肉结实，看上去甚是威武，但又性情温良，老实耿直，正得豪门贵族的欢心，加之数量稀少，可谓千金难求。后又有裴御史做传奇《昆仑奴》，将其写成飞檐走壁、武艺高强的侠客，更使其身价倍增。如今，在长安城名门望族的眼中，家中若有两个昆仑奴护院，最是彰显身份。

　　林百万此行打的便是昆仑奴的主意。此次兵乱过后，南方贸易元气难复，要想重建商号，就只有从长安的市场下手。但建号容易，重树海商王的声望却难，只有这昆仑奴珍贵异常，最容易敲开都城显贵家的大门。林百万心下盘算过，以往贩卖昆仑奴的都是大食商人，他们船轻帆小，从未做过大笔买卖。大唐虽有体积几倍于外国船只的巨舶，却只走南、东两海。如今林百万被逼上绝路，倒不妨孤注一掷，沿海而行，直抵哈米尔。做成这个破天荒的买卖，必是一本万利。

　　林士仲听了这般计划，只觉得既佩服堂兄的胆略，又颇有些惊心。待林百万将第二袋酒喝完，他便问道："若是按你所说，还有近两月的航程，船队离开筒罗后，便不再靠岸补给了？"

　　"在故临港肯定不靠岸，咱们这次是空船，犯不着交那敲竹杠的舶脚钱（注：港口关税与停泊费用）。"

林士仲听罢点点头，这舶脚的事儿他最是明白不过。现在各国的造船之术以唐朝最为领先，靠着榫钉接合与油灰捻缝的工艺，唐船既大且坚，载货能力远超海上诸国，但也因此被各国课以重税。尤其是故临国军站为唐船设的舶脚，高达一千迪尔汗，比其他国家的货船高出数十倍。故而在唐商眼中，故临港能避则避，除了去天竺的商队，都只航至筒罗。

"堂兄想得周全，这雁过拔毛的军港，能绕开最好。"林士仲顿了顿，又道，"只是近两月不着岸，船员怕是受不了吧？"

林百万抬手朝西南一指，说："故临国境内还有别的地方可以补给，故临港南边有个大岛，叫什么叽里咕噜的想不起来。大胡子么哈么哈的商会就在岛背面，我们可以用他的港口。"

林士仲皱了皱眉，"大胡子……穆罕默德？"

"就是他！哎呀这酒真上头。"林百万敲着脑门儿道，"那个大食国的大胡子，嗯，贩犀角、象牙的那个。我们可以从他那儿请些班图语翻译，我记得犀角、象牙都是哈米尔特产，他的商会里肯定有几个懂方言的。"

"对啊，翻译。"林士仲点头道，"咱家商号里本就有不少人懂大食语，在穆罕默德那里请翻译最是方便。"

接下来两个月的航程皆是顺风顺水，林家船队在穆罕默德的港口停靠了几日，雇到数名懂班图语的翻译，接下来便是一路向西，在一月下旬抵达了哈米尔。船只一驶入港口，便见码头上来来往往的都是大食商人，想来此处便是丝绸之路的西端无误。

林士仲本以为船队入港后，自己便要找市舶司上下打点，谁知在港口停靠了一整天都未见动静，他心道："莫非此地风物与南洋不同，港口买卖不交税钱？"可是眼见这哈米尔港虽是因繁就简，却不失规模，码头、栈桥均修得像模像样，实在不像一个免税的港口。翻译都随林百万登岸寻商号去了，他也只能耐着性子等堂兄回来，再找他问问情况。

结果却是林百万先跑来找了林士仲。

"子聪！事情不妙啊！"林百万急匆匆地攀上船顶棚，身上还穿着件海蓝色的绸缎袍子，显然是刚从城中回来，"咱们跑了十万八千里，还是逃不出这祸害！"

林士仲立刻变了脸色，急扶住林百万道："莫不是……这里也闹叛军？"

"差不到哪里去，他们说是什么部族战争。"林百万扯下帽子，握在手中揉来揉去，又跺着脚说，"关键是现在壮丁全拉走了，奴隶市场里半个人没有！"

"果然，难怪港口管制这么松懈。"林士仲将了将颔下微须，问道，"眼下战局如何？"

"哈米尔王国的部队只能守城待援。攻城的部落士兵虽然勇猛，但不擅长攻城战，又不能控制水路，照这样看是不会破城的。可援军还要再拖两个月，船队可就耗死了。"

"不急，我们进完货就走。"

"哪儿进货？我不是说过奴市空了吗？况且……"林百万话说一半，却又愣住了，他也伸手捋了捋林士仲的胡须道："子聪，你又有点子了，是不是？"

林士仲缩缩脖子，说："算不上点子，老把戏而已。堂兄你可还记得渤泥国玳瑁那件事？"

"好买卖当然记得，当时国王要建光明神殿，在全国强征玳瑁。"林百万敲着额头道，"市场上空荡荡的，就跟眼下这奴市一样。那里的渔民都嫌征价低，就把玳瑁壳藏进礁石堆，暗地里有黑市商人专找熟络买家，外国的商队只要……嗯，那一年我们贩回去的玳瑁，真是奇货可居，奇货可居啊……"

两人当下商定妥当，便带了伙计前往市内的商会，打听奴市的进货渠道。哈米尔港原也是西海贸易中心，有不少大食、波斯的商会在这里开了分号，其中亦不乏与林家相熟的人号。可两人一番打点，听到的却全是丧气消息。原来这昆仑奴的买卖，便只有一条货源——战俘。

哈米尔建城不过百年，在此居住的多是商人。近年哈米尔王国统治此地后，一直伺机扩张，与周边土著部族时有摩擦。按照当地规矩，受俘者充作奴隶，大食商人所贩的昆仑奴便源自于此。

"狗屁！狗屁哈米尔国！咋不是昆仑国呢？"林百万蹭上自己的床沿便不再动弹，只叹气道，"这次几十个部落联合攻城，怕是被俘的哈米尔人更多些，要不咱去跟那些部族做生意？"

林士仲在一旁摇头道："长安城只认昆仑奴。"

"听说他们一个部落才百八十人，咱自己抓还不成吗？"

"子敬！"林士仲噌地站起来，对着堂兄大喊，"贩良人为奴，罪一等！"

林百万嘿嘿笑道："回头请哈米尔市司给立个券，还不容易？到时名正言顺地带回去，跟大食商人的做法还不是没两样儿？"

林士仲待要反驳，却又不敢挑官家证明的不是。虽然觉得此事大有不妥，却一时说不出个所以然。又听林百万道："你个酸丁，非得官家凭证才能开你窍。其实让我们贩走有什么不好，长安城里的昆仑奴个个都过好日子，比在这儿强多了。"

林士仲这才回过神来，问道："堂兄此话怎讲？"

"那些翻译说他们是不开化的蛮人，既无屋舍，亦无田地，吃穿住用均与野人无异。"林百万在床上翻了个身，接着说，"这要换成是我啊，哼，自卖自身去当官奴也乐意。"

林士仲听着连连摇头，可更多的是担心堂兄真会偷袭部族，脑海中兵戎相见的场面挥之不去。他坐在林百万的床边愣了好半晌，忽然推着林百万道："若真如堂兄所言，可以让他们自愿来啊。"

三、诸神南行

埃舒把弓和箭矢收在身后，俯身到草丛里搜寻着，草叶间有些零星的血迹，隐约朝海边延伸过去，他就循着这些痕迹前行。血滴标示的路径渐渐变得蜿蜒，埃舒心里明白，巫师涂在箭头上的毒药开始发挥效果，那头中箭的羚羊已经不能跑直线了。

埃舒很容易地追上了猎物，将它按倒在一处高地上，捆绑四肢，放血，再剜掉箭创。埃舒做得很快，这已是他独自猎获的第四头羚羊。雨季的大草原充满生机，猎人们很容易找到猎物，而部落的人口也和野兽的数量一并增长着。其实埃舒还没到当猎人的年纪，只是因为战士们去了北方，他才提前扛起了猎弓和毒箭。

将净膛的羚羊扛上肩膀时，埃舒看到了坡下的海岸线。他从没靠近过海，但他了解那里，那是太阳居住的地方，也是连接天神和草原的地方。巫师说过，海的边缘衔住了天空，当神降临草原时，他们会先从那里走过……

埃舒突然注意到东北方正在发生什么变化，海与天的连接变得非常粗糙，似乎是海刺入天，又似乎正相反。那附近的海面变得昏暗，埃舒看到有东西正从接缝中涌出来，这样的尺度、距离和压力都是他从未见过的。他惊叫着冲下了高坡，向着西南方奔去。

当埃舒扛着羚羊跑进营地时，才发现已有人将消息带回部落，尽管还不知道那是什么。巫师们围坐在火堆边询问刚回来的猎人们，尤其是去了东边的猎人。埃舒也被带到巫师面前，将自己看到的景象告诉了他们，但巫师没有回答埃舒的疑问。埃舒注意到，有几位巫师一直在指挥族人往火堆里添柴。以往，只有祭祀的时候，才会在白天生这么大的火。

随着其他猎人的陆续返回，消息也变得详尽起来，"移动的岛""白鳍的大鱼""巨大的船"……不安情绪逐渐取代了好奇，在人群中蔓延着。直到几个真正接触了海的人带回这样的消息："那不是船，船是用树造的，但从没有那样长的树，所以不是船"；"我不知道那是不是船，但上面的人不是哈米尔，所以那大概不是船了。只有哈米尔才造船，但他们不会从接缝中出来，他们总要在更近的地方才被人看见"；"其中一个停下了！在岸边！就在东边的海崖那里，上面走下会发光的人，像太阳下的金属一样发光"。

当东边的猎人全部回来之后，一直沉默着的大巫师终于站了起来，他走到巫师们围成的圈子中间，用双手将木杖举过头顶，喊道："所有人！准备迎接神的到来！"

于是整个部落都忙碌起来了，他们明白有些东西不能出现在神面前。妇女们拿出所有的杵，将它们埋藏在土里，因为这些东西会令神不快。老人们集合所有孩子，让他们待在太阳照不到的地方，因为太阳神可能还对小孩怀恨在心。男人们开始驱逐附近的蟾蜍、黄蜂、蜘蛛，当神降临时，不能让这几种动物留在村子里。埃舒被叫去清理动物，这让他觉得自己已被当作大人看待，而巫师们则为"是否驱赶蛇"的问题又发生了一次小争执。

当一切都准备就绪后，神就从东边走来了。

最初看到这些神时，人人为之目眩，因为神身上的服饰不但色彩艳丽，还反射着耀眼的光。当他们远远走来时，所有人都以为神身上披挂着金属。直到他们走到很近的地方，才能看清那些反光衣料都像风一样轻，随着步幅抖出河水般的细纹。埃舒这才想起那是发光的空气，他以前就知道，神用空气做成衣服遮蔽身体，原来空气也能像这样五颜六色。

但是神并没有走向人群，他们在离村子很近的地方停了下来，似乎是在犹豫，直到一个身着白色服饰的神突然冲出队列，跑到了田地里。这让巫师们感到迷惑，他们在人群的最前排互相嘀咕着:"为什么神不降临到我们身边?""走进田地的一定是达佐德日,没有哪个神比他更关心庄稼!""庄稼可能会说我们的坏话,得让神先注意我们!"于是巫师们大声地喊出了祭文,然后一起向东方跪拜,剩下的人也都跟着跪下,并学着巫师的姿势握紧了手掌,让双肘紧贴地面。这果然吸引了神的注意,一位身着蓝装的神带头走进村子,另外几位也紧跟着他"降临"到了这片空地上。

跪在地上的埃舒偷偷抬眼看去,发现这些神的着装其实差异很大,有几位身上套着浑然一体的衣服,但另外几人却只是将大块衣料披在肩上。埃舒又觉得神的形象和巫师所描绘的十分吻合,他甚至能辨认出其中几位——正在和大巫师说话的那位是神使莱格巴,他是唯一会讲人类语言的神,他现在蒙着眼睛是因为父神阿马没收了他的视力;拿着长矛的应该是阿热,他的目光总是盯着后排的猎人们;站在最后面的是迪奥,他身上不断冒出白色的烟雾,令人感到害怕;而莱格巴身后那位蓝衣神大概就是阿马本人了,因为莱格巴总是在请示他,然后再向大巫师转述。埃舒随后才注意到,巫师们正在同莱格巴艰难地对话,这位神使似乎口齿不清,不过巫师还是能勉强听懂的。

埃舒从巫师的回答中猜测着对话的大意:神对于现在的状况厌烦了,他们忍饥挨饿的日子必须结束。埃舒心想,这情况我听巫师说过,供品减少后,神总是吃不饱饭。巫师们发誓说在猎物充沛的季节将献上更多供品，但神并不满意，他们要求活人的侍奉，巫师说愿意献上少女，神却指名要精壮的男子，部落间总是在争夺女性，为什么神喜欢男人，埃舒不明白。

莱格巴在巫师与阿马间费力地沟通着，但阿马很快就变得烦躁起来，他开始左右张望，将头上的帽子扯下来，握在手里揉来揉去。最后，他悄悄退到其他神的身后，从腰间解下一个袋子。当阿马拔开袋口木塞的时候，立刻有一股棕榈酒般的香气飘散出来。

人群中，几个怀孕的母亲发出了惊恐的尖叫！

瞎眼的莱格巴反应最快，他一把按住了阿马的酒袋。白衣的达佐德日也冲到他身边，从阿马嘴边扯走了酒袋。

埃舒低头甩了甩额头上的汗珠，女人们也长长地喘出一口气。每当阿马喝多了棕榈酒时，他造物的功夫就会变得稀里糊涂，部落的住民们可不希望今年的新生儿全是驼背、跛子。

失去酒袋的阿马显得很沮丧，他将双手拢在宽大的袖管里，听任莱格巴和达佐德日的数落，巫师们则在一旁诉说着他们的不安，场面一时间变得无比混乱。阿马似乎耗尽了耐性，他快步走到火堆前，双手挥动，宽大的袖子像雾气一般来回飘荡着。几乎在他挥手的同时，火苗"呼"的一声暴涨起来，向着四面八方舞动，吓得火堆边的巫师们连连后退。莱格巴也慌张地躲到一旁，白衣的达佐德日反倒迎上前去，闪身站到人群和阿马之间。

"阿马！在做什么？"埃舒一边想着，一边挪动身子，刚才被挡住的阿马又出现在视线中，他看到阿马再次向火堆挥手。这次，火苗没有扩张太多，仅仅是抖动了几下，但喧哗的人群却在一瞬间变得无声无息，仿佛被扼住了喉咙——火光变成了绿色。

包括埃舒在内，没人见过这样的景象，火堆四周的一切似乎都被染绿了，绿色的柴草、绿色的达佐德日、绿色的巫师、绿色的草地和天空……盯着火堆的人们渐渐变得恍惚。就在火苗快要恢复红黄色时，阿马再次驱使着火焰变成了浅紫色，持续的时间也远比上次长，直到莱格巴告诉巫师们说阿马生气了。

巫师们再一次跪下，开始向阿马哭诉部落的艰苦。北方的哈米尔是最大的祸根，他们抢夺了土地和猎物；即便没有哈米尔的威胁，部落之间的领地争夺也在愈演愈烈。场面再次混乱起来，祈求和诅咒的言语夹杂在一起。直到阿马大声地呼喊了一句，莱格巴也大声的传达说："愿意追随神的人，将被引导至第二个特克阿德。"

特克阿德！

埃舒在心里默念着这个代表富饶、幸福和欢乐的名字——特克阿德——神赐予的土地。

这句话平息了遍地的愁苦，接下来的事情变得很简单，阿马在自愿前往神之地的人中挑选了五人随行。神没有选择巫师，因为他们无法长途跋涉。神也没有选择猎人，因为他们虽然敏捷，却不如耕夫那般壮实。伶俐的埃舒没有被神选中，这让他稍微有些失落。不过这种感觉没有持续太久，神离开部落后，他马上就有事做了。巫师们派遣了跑得最快的人，将神的到来通知给其他部落，埃舒也带着口信向南边的约鲁巴部落奔去，他要告诉那里的巫师们："神来了，神的船队在沿海岸南行，他们还要挑选更多的侍从！"

林士仲看着五名昆仑奴被请进舱房，顿感心中大石落地，背脊上的津津冷汗也仿佛化作清泉流淌。他原本对这装神弄鬼的把戏没几分把握，幸好堂兄施展方术压住了气势，这才首战告捷。一旁的林百万比林士仲更为欢欣，已是手舞足蹈直奔酒舱而去，身后一众伙计手捧脸盆、毛巾追之不及。

这边也有伙计帮林士仲等人净手擦面，将抹在皮肤上的乌黑油灰洗去，唯有扮"迪奥"的船工等不及去妆，手忙脚乱地脱了冒烟长袍，把它扔得远远的，引得众人一阵哄笑。这件生烟"神袍"乃是将数个火浣布手炉缝于衣服褶皱中制成，炉内燃有艾草，虽不会引燃衣物，却也让那船工感到无比痛苦。

林士仲洗漱完毕，便脱下了那身白色绸缎长衫，却见一边的大食翻译"莱格巴"依旧蒙着眼睛洗手，便觉好笑，便向他招手道：

"伊本兄，您今日实为辛苦，这布条可以除下来了。"

伊本抬手在脸上摸了摸，似是才刚发现，自己也哑然失笑，向林士仲作揖道："谢四爷关心，这布，不碍事。戴了半日，就忘了。惭愧啊。"说着伸手解下布条，揣进怀中。这黑布条上裁有布缝，挡在眼前不妨碍视物，外人却难以察觉。伊本摘了眼带，却不知该怎么脱衣服，其实他几人没有合身的绸缎长袍，都是用整匹料子缠在身上扮神。伊本左绕右绕地解着绸布，忽又想起一事，忙问林士仲道："大掌柜他，真的能和神灵，沟通？"

林士仲摇首道："障眼法而已，前几日演练时不都讲明了吗？全是按您所述的部落神话扮出来的。"

"我是说，那火……"

林士仲这才明白，伊本挂念的是那"驭火之术"，便笑道："那是方术，嗯，与迪奥那浓烟相似，小把戏。"言罢，又忆起伊本，也就是莱格巴，初见火势暴涨时也曾惊慌失措，觉得该与他讲明白些，便接着说："掌柜他事先将硫黄、铜粉等物藏于袖中，瞅准时机依次撒进火里罢了。火中掺了这几味矿药，必会有诸般变化。"

伊本似是恍然大悟，连连点头道："基米亚！奥基米亚！"（注：al-kimiya，阿拉伯语炼金术之意。）

林士仲虽不明白"奥基米亚"为何意，但想来是大食人对此类手法的称呼，便也没再追问，只安排好了"诸神"休息，便提了纨扇去底舱找林百万。

到酒舱时，果见林百万在饮酒庆贺，他此时已被伙计们拉扯着换上了青布长衫，见林士仲进来，照例拉他陪酒。此时舱中已换进不少哈米尔造的椰酒和棕榈酒，这椰酒味道醇厚，很得林百万欢心，加上他心情大好，拉着林士仲便说了一堆豪言壮语加醉话。林士仲小口抿着酒，在一旁笑着听他嚷完，道："子敬啊，刚才伊本翻译问我篝火的事儿，我跟他说是你撒了硫黄、铜粉，但那紫色火焰，我却也没见过，究竟是使了何种手法？"

"嘿嘿嘿，那个是……花岗、花岗石粉末。"

"石粉？"

"大别山的花岗石粉，烧之则紫，很漂亮吧？"林百万打着酒嗝道，"方术这东西，有些时灵时不灵，有些百试百灵。嘿嘿嘿，就说这个石粉吧，皖地花岗岩烧之浅紫，滇地花岗岩烧之明黄。做石材生意的时候我就靠这个验货，从来没错过。"

林士仲心里倒也明白，堂兄他所学的方术涵盖卜、数、技、巫诸项，其中铜钱"卜卦术"偶尔灵验，"巫术"从未成功，倒是被他称为"技术"的这项十分可靠，每次重复都能显现出相同的效果。

这大概就是技术和其余方术的区别吧，所以堂兄才选了这套手段？

想到这里，林士仲又隐隐觉得不安，今日一番作为，既非猎获，又不似招募，更有一件令他十分在意的事……

"子敬啊，伊本先前说那些人是生番，没有田地屋舍。可今日见他们，村庄虽是简陋，却有耕种庄稼的。"林士仲说完不见堂兄应声，转头看去，林百万已经酣然入睡。林士仲也是无法，只好起身上了甲板，临走时给林百万留了舱门透气。

他在船舱过道中又想起大别山花岗岩的事，便又忍不住摇摇扇子，吟起那段李太白的诗词："山之南山花烂漫，山之北白雪皑皑。此山大别于他山也。"

商队"南下进货"的行程比预想中更为顺利。各部落间频繁联络使得"天神降临"的观点深入人心，林百万表演的种种"神迹"也更易为人所信，甚至有不少人在听到消息后拥至海边朝拜。林百万自然乐得省心，林士仲却不愿再参与其中，"达佐德日"的角色便由他人改扮。

船队按部就班地驶过二十多个沿海部落，最终登船的昆仑奴人数接近四百，比林百万事前估计的还多了两成，早先准备的舱房日见拥挤，最后连林氏兄弟所乘的主船也不得不辟出一间舱室，安置了十名昆仑奴。这些人自入舱起，便被"莱格巴"告知不能离开房间。他们的食宿均有专人负责，林百万还特别吩咐过，决不能让昆仑奴看到船上的大食人或哈米尔人，而每日当值的汉人船工倒也不用特意涂脸。待到船队返回哈米尔港时，林百万干脆拿银钱买通了奴市官吏，立下空白人头券，硬是没让昆仑奴下船见官。

四、大鲲

"子敬！听我一言吧！"林士仲大喊着冲进酒舱却不见林百万，当即兜转回去，噔噔噔地又往顶棚上跑。过道里的船工们纷纷侧目，心道："四老爷一向后知后觉，今日又悟出什么了？"

林士仲爬上顶棚，便见堂兄林百万早等在这里，他一时喘息不止，反倒是林百万先开口道："子聪啊，刚才去酒舱找我了是吧？我还奇怪你怎么大清早不在这儿泛酸呢。"

"堂兄，听我一言……"

"我知道，你想跟我说昆仑奴的事儿。"

林士仲抚着胸口道："我早前便怀疑过，吾等此番作为，不似猎获，亦非招募……"

"说白了就是诱拐。唉？子聪，我没跟你讲过？"

"对，此等行径，与诱拐无异，堂兄您须知……"林士仲话说一半，突然省悟过来，急抓住林百万双肩，连声嚷道，"堂兄你、你、你！"

"我从一开始就晓得啦。"

"那、那、那昨夜的五石散……"

"是我吩咐伙计，掺在奴人饭食里的。"

林士仲顿感无言，他这几日常见昆仑奴夜间喧哗，在舱内手舞足蹈。待问过管事船工才知晓，是林百万配了五石散，叫他们拌入昆仑奴吃食之中。林士仲昨夜思前想后，直至此时才想通这"诱拐"的关节，却未料到堂兄自伊始起便已打定主意，原先想好的几套说辞，一时间竟没一句能派上用场。

那边厢林百万却已笑至腹痛，自林士仲掌下滑脱，抹着泪道："子聪你，该不会今日才想明白吧？呵呵，死书呆子，无药医也！"

林士仲张口哑然，仍是不知该如何劝诫。此事自哈米尔密谋开始，至今日船队归航行经麻逸岛，已过了足足三个月。自己如今才看透这层关系，已然于事无补。只是凭着一股书生意气，他仍要说些什么："子敬，这些人……"

林百万又是不等他说完便接着说道："这些人刚入舱那会儿，瞧什么都新鲜，看来是起居饮食与我们大不相同罢……不过前几日开始有些聒噪，大概对船啊海啊的终于腻了。我就给他们点儿精神享受，让他们老实呗。"

"五石散多食不宜……"

"反正航程也没剩几天了，就当给他们清清腹，打打虫，不也蛮合适的？过几日到了广州港，那繁华景象，啧啧啧，保证比五石散更刺激。"林百万从林士仲袖间抽出纨扇，打个哈哈道："子聪啊，瞧你这满头大汗，来，给你扇扇。你替这些人烦什么心啊？他们不就是为了那个神许诺的土地才上船吗？等他们进了长安，肯定觉得这个比特克阿德还好，那高楼广厦他们做梦也梦不到。江南的膏腴之地更是锦绣富饶，简直整年都是雨季。他们要的神仙日子也不过如此嘛。"

林士仲终于不再说什么了，他从堂兄手中接过纨扇，问："还有多久？"

"五日之内便至广州港。咱们在麻逸补给已是两天前的事了，其实眼下已进了大唐海域。"林百万朝船头望了望，蹙眉道，"不太对劲儿啊，子聪你看前面那是岛吗？"

林士仲顺着林百万所指的方向望去，见船头八百步开外有一道狭长黑影，自东向西占据了半个视野，西边的尽头便在目光所及之处，东边却是一眼望不到头，遂摇头道："既窄且长，不似岛屿，应当是块礁岩吧？"

"我们自麻逸向西北航行，到广州之间不该有什么岛啊礁啊的。"林百万说着便从栏杆上探头出去，朝舱下大喊："赵火长！前面有礁岩哪！航向偏了吧？"

舱中的火长立刻应道:"航向西北,罗盘无误。今早刚对过启明星,不会错的!"

林百万抬头看看日向,也觉得航向无误,说道:"往年去渤泥都是走这条线,我可从未记得有什么礁岛。"

"子敬,我看那礁石上既无青苔又无鸟粪,怕是海中刚长出来的。"林士仲接着说道,"典籍中倒有不少记载,小岛忽升忽沉,或随潮水涨落,或随地牛躁动,都是常有的事。"

林百万立即吩咐船队折向西行,因不知水下是否有礁石基盘,故令火长往西侧远远绕开,可船行了半炷香的工夫,却离礁岛西头愈来愈远。林百万怒道:"怎么反朝东走?这火头今天犯浑了吗?"正作势要吼,却听舱内传来一阵怒骂声,竟是火头在责骂正、副舵手。林百万立刻收回身,仰首看那桅帆,此时火长也从舱中冲出,一并盯着船帆发呆。

林士仲讶异道:"子敬,有何不妥吗?"

"撞鬼了……"林百万回转身来应道,"看着这帆,咱们确实在往西走。"

话未说完,那火头突然嘶喊道:"大当家的!看那儿啊!看那水线!"

林百万的船行在船队最前,此时离礁岛约有六百步距离,正看见那礁岛西头的入水处,隐约有三道叉状水线向两旁层层推开,林百万见状大惊，高声呼喊道："全体收帆，船队从队末开始依次停船！"又转身拍拍腰间酒囊，对林士仲说，"子聪啊，我今儿早上喝过酒的，我犯浑，你帮我看仔细些。"林士仲此时亦紧紧盯着那分水线："堂兄没看错，并非吾等向东行，而是此岛在西进。航速……显然比船更快。"

当整个船队都停泊妥当时，前排船只与礁岛之间的距离仅剩两百步。其实说停泊也还颇为勉强，因这大洋之中着实无处下锚，各船只能收帆漂荡，为避免触及礁岛，还需将船身侧横，头朝西侧。此时林家兄弟站在船顶已能将此岛看得十分详细，但见其出水不过两丈，通体浑圆顺滑，如一根巨大圆木横于水中，半沉半浮。林百万凝神望去，发觉这乌绿色的礁岛乍一看光滑平整，细观却布满了整齐的六角花纹，每一块皆有磨盘大小，如蜂房般排列开去，遂问道："子聪你看看这是什么礁岛？"

林士仲答道："这六角方块都是同心纹路，层层叠叠便好似……鳞片吧？"

其言未毕，两人便悚然对视，惊骇莫名。林百万尖声叫道："这是鱼吗？它要来吃我们啦！它翻个身我们全翻船啦！怎么说都是死定啦！"林士仲急忙捂住堂兄的嘴，这个"翻"字在海上本是大忌讳，何况林百万连说两次。他连忙安慰堂兄说："子敬莫要惊慌，莫慌莫慌。此鱼貌似大鲲，当属吉兆也。"

林百万听到"吉兆"二字，立时镇定不少，细想起来便也找到些头绪，赶忙捂紧自己的嘴，小声问道："大鲲？《南华经》里写的那个会变大鹏鸟的鱼？"

林士仲点点头，小声说："当是大鲲无疑。吾睹此巨物，便是鲸鲛亦差了千百倍，典籍中有记载的，便只大鲲独一物了。"

两人正说着，却听耳边奏起一阵丝竹管弦之音。其音虽弱，却能穿缝过隙，无论船艓舱底俱能听闻。林士仲转身朝船队看去，只见船队远近泊船中的船工都听得此声，纷纷跑到甲板上观望。此曲虽悠扬娴静，却又缥缈无依，在众人身侧回旋往复，难辨出处。林士仲只觉掌下栏杆也和着音律振动，仿佛四周的物件均会发声。

待他转身再看那大鲲时，却又是一惊。随着大鲲渐向西行，竟有一列亭台楼阁自东方雾霭中移来。这些置于鲲背上的房屋虽略显局促，却是雕梁画栋极尽精巧之能，且前后分布院、殿、堂、屋皆井井有条，墙外有五色霓虹流动，院内有四时花卉盛开，正中一座高塔云烟缭绕，俨然一派仙家气度。

林士仲只觉今日种种颇有些应接不暇，林百万更是心神恍惚，猛灌了两口酒道："下一出演啥？该不会冒出个仙翁来请咱吃酒吧？"

"堂兄别喝了，眼下还不知会起何事端呢。"林士仲心知堂兄说的是戏言，可那高塔之上，便真在此时闪出一道曼妙身影，却非仙翁，而是一女子形象。林士仲看时，但见她：头绾三色飞凤髻，身披绛黛素缟衣。赤焰玉带曳长裙，霜面烁目显威仪。

林士仲尚在依格寻律地赞叹仙子美貌，却见那大鲲刹住去势，塔上女子便在众人眼前轻飘飘地越过栏杆，竟是凌空踱步，向着林百万的坐船缓缓走来。林百万立刻叫嚷道："子聪！她走过来啦！我该怎么做？怎么做啊？"林士仲迟疑道："既见神灵，便行跪拜之礼。"便拉着林百万屈膝跪地，照着祭祀的规矩左右手相叠，手在膝前，头在手后，向北行稽首之礼。后面的船工也跟着呼啦啦地跪倒一片，只是有人行顿首之礼，有人行空首之礼，更有双手合十行佛礼或磕头如捣蒜者，口中呼喊之词更是各式各样。

那仙女却不为船上的喧嚣所动，缓缓行至甲板上方三丈高处，大声说道："吾乃孟章神君坐下帝女，特奉东圣之意赐尔等机缘，脱去苦海沉沦，荣登寰宇神界，分封五方仙兵、九曜神卒，戍卫净土，拱护天庭。从今超脱生死，勘破玄关，身出入圣，永膺宝位……"

她声虽大，但在这海浪翻滚之处本难以听得明晰，可众人皆觉此声如在耳畔，远近船工皆能听得清楚。林百万偷偷拉扯林士仲的衣角，哭丧着脸说："她说什么啊？我除了第一句全听不明白。"林士仲则压低声音道："子敬，第一句当解为何意？""啊，她说的孟章神君嘛，就是东青龙。帝女雀是指精卫鸟，这个仙女自称是精卫。"林士仲略一沉吟，道："如此说来，她话中之意是我等皆被选为神兵，便要白日飞升了。"两人不再言语，只是伏在地上，侧目朝半空中的精卫看去。

但见那精卫宣旨完毕，俯首落在船沿之上，转身挥袖间，便在大鲲与海船之间架起一座虹桥。那桥七彩明艳，似有若无，精卫走上桥时却是脚踏实地，与方才的凌空步态大不相同。林士仲看出仙子是要引领他们去那鱼背之地，脚下实有些犹豫。精卫转身道："大鲲之上，乃是洞天福地，此行专为载尔等至天梯，还望速速上前。"

林百万此时也不知是惊惧过度，还是酒劲上头，竟大着胆子问道："昆仑山天梯远在西北，这大鱼如何载我们去？"精卫应道："地界天梯，便在昆仑之巅；海界天梯，却在蓬莱之滨。大鲲若抵蓬莱，便可蜕形化鹏，扶摇登天。"

至此众人再无疑虑，生在乱世之人原本就对求仙问道格外热衷，有此天赐机缘更是珍惜，这船上但凡还有勇气站起来的，尽皆拥上虹桥。舱中那几名昆仑奴，不知何时也被带上甲板，随众人一起踏上大鲲背脊。精卫双手连挥，又在周围船只上架设了数道虹桥，转眼间，便有数百人被"选上"大鲲。

精卫将诸人带至院中，安排他们暂住进东西厢房。待一切妥当后，她便腾身飞上高塔顶层，引得林百万等人俯身又拜。

趁着院中众人尚未起身，精卫慌慌张张地跳进电梯，向着主通道直降下去。她周围的光谱在 300 纳米至 800 纳米的频段内一阵抖动，随即恢复原状。头顶的三色彩妆与脸上的亮白粉底如烟雾般散去，连衣饰袍带、发丝皮肉也一并消失，露出了铁青色的外壳与细瘦的金属骨架。趁着电梯下行的工夫，精卫给全身做了一次消磁，但手脚还是有些滞涩。她不禁在心里哀叹一声——舱外是强磁场环境加上高重力区，刚才滞留太久，恐怕不少器官要提前报废了。但此次任务完美达成，终究是件令人振奋的事，精卫用舰内频道发送了一份任务报告，还略有些炫耀地附加了一个数据包，里面是自己的第一视角记录。

当这些步骤都完成的时候，电梯也到达了底层。精卫走出电梯，顺手拨了拨通道壁上的滑杆，可惜这些东西在重力环境下只是摆设。她无奈地迈动双腿，朝舰桥方向走去。

五、C、Si？

自意识革命之后，硅文明再一次迎来了它的黄金盛世。在这个人人拥有独立自我的时代，创造力推动着社会以前所未有的速度前行。每隔一个公转周期，世界总计算能力的增长都以倍数计。

直到硅文明的发展迎头撞上了它命中注定的瓶颈——硅晶体管的物理极限。

当政府承认他们无法再提高新生儿的大脑集成度时，整个社会都不得不接受"全球计算总值停止增长"这样一个事实。而每到这种时候，"对称多处理、大规模并行处理"等多芯片生产方式就会被提上议程，作为革命最大成果的"意识独立权"面临前所未有的威胁。这是每一个公民都不愿看到的，当他们被迫并入多芯片系统时，单个大脑也就沦为了可替换的计算单元。

那段全球恐慌的日子不堪回首，在这一被后世称为"运算危机"的时期，网络中充斥着末世情绪，各种地方割据势力蠢蠢欲动。幸运的是，政府仍能保证百分之八十三的决策正确率，他们不惜冻结新能源研发（也有分析称，这是在暗示他们对人口增长法的否定），而将运算资源集中在微处理器项目上。这一饱受争议的决策在最后时刻拯救了世界，而转机则来自一个冷门领域，即对"海洋生物"的研究。

"海洋中存在生命"这一观点是直到最近才被证实的，研究人员在海水样本中发现了极其细微（直径多在 0.5 微米 -5 微米之间）的生命结构。这些原始生物与已知的生命形式截然不同，他们以碳元素为核心构筑身体，将生命建立在核酸、蛋白质的基础上，只需一个或十几个细胞便能组成生物。该发现也曾引起关注，但那时的人们只关心"史上最细小生物"这类的噱头。直到运算危机的应对者们提出"碳基芯片"的概念,这些微观尺度上的生命才真正进入民众视线。

最初的曙光是在有机生命的能量糖酵解过程中发现逻辑运算现象,这证实了细胞内部存在着蛋白质构成的信息处理网络。全球规模的研究力量就在此时被投入进来,很快便找到了蛋白质与核酸中的"逻辑门"。在成功破解脱氧核糖核酸的编码功能后,研究人员又立刻开发出了相应的编译工具。政府当即将实体芯片的试制提上日程,虽然还看不见这些理论中的小分子,但依靠强大的计算支持,第一块碳基芯片旋即面世。初步测试表明,这些细胞处理器的运算能力远超预期,碳基芯片的立体结构可使计算单元的密度比平面硅集成电路提高 5 个数量级。虽然实物芯片还远未达到这一理论数字,但对于当时面临的运算危机来说,其既有功效已是绰绰有余。

政府迫不及待地把这项技术投入应用,生产出了第一批用蛋白质脑代替硅电子脑的新生儿。他们卓越的运算能力令世人十分满意,技术前景更是令人神往。

第二个黄金时代就此拉开了帷幕。这一次是航天技术走在了革新前沿,文明的触角迅速遍及母星、卫星及邻近的小行星带,无数意识被装上航天器飞往邻近星球,以满足人们对信息的原始饥渴。在如此繁荣的背景下，增加人口的议案被再一次提出，但政府仍坚持人口守恒政策。对他们来说，管理 200 万个独立意识已是极限。

碳基芯片唯一美中不足的是对金属肢体的兼容性并不理想。蛋白质构成的大脑似乎天生就不擅长控制硅纤维构成的肌肉，如今要重新解析运动代码着实困难。曾一度流行过的八肢躯体和六肢躯体因此被淘汰，最简洁的四肢躯体重新成为主流，这也算是黄金时代中的一段尴尬插曲。

而弥补缺陷的机遇又一次扑面而来，这回是对邻星的勘探带来的惊喜。原本，作为不追求人口增长的文明，政府推动星间开发只源于对知识的生理需求。所以当探测表明——在那个离母星最近的行星上，存在一群鲜活的文明时，民众的兴奋度达到了顶点。高效率的开发工作再次展开，数个观测基地在邻星上隐蔽地建立起来。陌生的世界中，各种搭载意识或不搭载意识的探测器沿海岸线四处游弋，从环境数据开始按部就班地收集着信息。

初步确定，这是一个与母星十分形似的行星，但强力的磁场和湿重的大气使得其生物圈完全以碳基生命为主导。星球上孕育了数个不同的碳基文明，这也就意味着它能提供数倍的新信息。

介于那里拥有 2.6 倍于母星的高重力环境，基地建设和信息收集等工作均在海洋中进行，这也导致接触当地文明的机会大大降低。这种令人焦躁的现状持续了数年，直到大洋西侧的观测基地取得突破性进展。

在那之前，观察者们一直以谨慎的态度记录着当地居民的生活，暗中拷贝他们记录设备（竹简或皮纸）中的数据，对其语言文字进行着艰难的分析。一次偶然的机会，一艘木制海船在风浪中闯入基地海域，该基地捕获船只时发现，船员的人数竟有两百之多。研究人员如获至宝，对这些存活个体立即开展了数据导出的工作，从其脑内存储的信息中成功识别出了语言模组和字库（并非所有个体都记录有文字数据，该情况被其自身定义为"白丁"），并从缓存（短期记忆）中搜索到了航海记录："随徐福大人出海寻仙，求取长生之方……路遇险阻，狂风暴雨……与船队失散……"

这些数据被立即发送回母星，200多个活体随后也被分批运返。但这一过程并不顺利，首批活体在拆分后失去了生命迹象，第二批则在升空过程中死于缺氧，直到第六批次才通过冷冻休眠的方式运抵了母星，随后又全部死于低压病。真正成功带回母星的仅是最后四个批次的不到80人。而这时的政府，已对这些邻居的身体了如指掌。他们的意识体甚至整个身体都由碳基细胞构成，内部则由钙金属的化合物组成支架，只是其数据处理单元的密度很低，与人工制造的蛋白质芯片大不相同。但不论如何，他们的大脑都与碳处理器十分相似，这使得数据提取变得十分便捷，也使

"替换意识体"的实验计划呼之欲出。

计划的第一步是通过切除脑前叶或整个皮质层的方式将这80人的原意识分离，随后用一批志愿者的脑芯片取代了被切除的部分。连接过程十分顺利，这套由水、盐、蛋白质、核酸构成的躯体与碳基芯片间有着完美的适应性。除了出众的肢体运动能力外，受试者还体验到了两种前所未有的感官——触觉和味觉。

在实验数据公布后，碳基器官立刻被抛上潮流的顶点，人们争相体会触觉和味觉带来的新刺激，并将之视为"享受"。但完整的运动控制模组却始终未能找到，这就意味着人造肢体的性能难以媲美原生个体。于是，以捕获人体为目的，无数新设备与人员再一次被派往那个蓝色的邻星。

精卫几乎是扶着墙走到门前的。她在心底凄婉地抱怨着，走完这段路真是折磨，慢得仿佛经历了一个时代。

开门的同时，精卫便收到两句祝贺：

来自大鲲："恭喜，任务完成。"

来自共工："辛苦了，你今天的表现很完美。"

精卫核对了一下发信端，分别是"大鲲"和"共工"无误。不过这两句只是公共频道中的信息，私人对话就是另一回事儿了：

来自大鲲："哇！超过了整整两年的定额啊！我决定，全舰（三人）即刻放假！"

来自共工:"真慢真慢真慢啊,给你做环境辅助比单干还累,我都快烧了。"

精卫在舰桥里环视一圈,只看到共工靠在墙角里,不停地念叨着"真慢真慢……"她对共工的絮叨早已是见怪不怪,只抬手指了指脑后。

共工立刻反应过来:"明白明白!我刚好吃完,这就让给你,你看我的安排多紧凑啊。"共工闪身让到一边,露出身后的充能装置。其实他早就知道这次任务计算量巨大,会耗光脑内糖分,所以提前来霸占了舰内唯一的输液口,赶在精卫之前完成补给。

精卫快步走到墙边,从输液口中抽出导管。只见管口还残留着一些液体,应该是共工刚用过的关系。她把导管插进后脑,选择了 2000 单位的糖原和少量氨基酸。随着能量物质的流入,她原本电势低下的处理器产生了一串兴奋信号,蛋白质运算单元也开始用氨基酸修复自身。此时,精卫十分惬意地靠在墙边,享受这来自脑内的……怎么说?满足感。

她想起碳基芯片刚普及时也曾有过"充电法"和"输液法"的争执,最后介于营养液的普适性而采用了输液法。但不得不说,这种吃饱喝足的快感也是一大诱因。政府甚至建立了覆盖全球的"产-输管线"以及无处不在的终端,以满足能量需求。"可惜啊,"精卫心想,"考察船携带的是罐装能量液,似乎不太新鲜。"

共工那边却不肯给她片刻安宁，仍在滔滔不绝地说："其实你这次业绩很突出呢，以往捕获渔船顶多捉到三五人，这次可是大大的丰收。我说你是不是该表现得更骄傲点儿？真就累得说不出话来了？"

精卫瞥了他一眼，说："我在等舰长的分析结果。"

大鲲的信号就在此时插入，他的脑芯片安装在舰桥中枢，舱中动静皆知，他同时对精卫和共工说："正式的分析报告还没好，我现在先把感官信号分流给你们，边看边说吧。"舰长便是舰体大脑，各处感应器如同知觉触手，于是舰桥上的两人也连上了各处厢房的画面。

大鲲将主画面切到西厢，讲解说："我注意到这批人里包含三个不同的种族，除了我们常接触的汉族外，还有两个所属不明。"

画面上出现了伊本，他的一丛大胡子在船工中十分突出，大鲲接着说："此人体貌特征与唐人明显不同，我从他的脑波里收集了表层记忆。你们看，他的思考代码不是方块字，所以认定他不是汉人。"

共工浏览了一遍代码文件，在其中一处做了一下标注，说道："我刚看了一下，这是闪-含语系，在这条航线上出现的，十之八九是阿拉伯人吧？"

"嗯，那我等会儿请阿卜杜拉基地核对一下。"大鲲将视角拉远，接着说，"他周围的人用'姓名'和'身份'两种标签定义此人——'伊本、翻译'。"

"其他人的标签呢？"

大鲲回答说："大都是船工、伙计。值得注意的是东厢那两人，标签分别是'大当家、林百万'和'四掌柜、林士仲'。"

"是的，我也注意到了这两人的特殊性。"精卫接着说，"尤其林士仲，他的表层字库特别大，断定他为读书人。等他睡后可以试着扫描深层意识，应该会在文学和历史方面有所收获。"

共工使劲剜了两眼林士仲，说："我们在海上很少能碰到读书人呢，这次还真是挖到宝了！他旁边那个大掌柜又有什么特殊？"

"按照汉族的说法，我们能从林百万心里扫描出一本《生意经》。"

大鲲发来一个赞许的信号，转移镜头后又说："最难办的还是西边这25个人，我把扫描得到的数据全放出来，你们看一下。"

画面上出现了25个肤色黝黑的人，精卫看了看旁边的数据，诧异地说道："怎么？你没有找到字库？"

"是的，问题就在这儿。这几个人的思维方式和其他种族差不多，但他们没有使用文字代码。"大鲲又调出几段生理数据，展示给两人说，"而且从他们的体貌特征中看不出什么线索。"

"体貌特征？"

"嗯，你们看，与汉人相比有明显的差别，但又不符合任何一个已知人种的特征。例如，体表偏黑就不提了，这25个人的腿部普遍较长，肌肉组织中白肌比例大，血酸浓度偏高……嗯，简单地说，他们的整体运动性相当好，是政府最喜欢的类型。可惜全是男性样本，资料不齐。"

精卫扭头向共工看去："共工，你的模本不是人类学家吗？能不能分析一下？"

"你说我母亲？"共工耸了耸肩，"我是技师型，只能粗略推断如下……这应该是个居住在炎热地区的种族，干燥、少雨、光照强烈，日常生活以捕猎为主，有自己的语言但暂时还没有使用文字。能够肯定的是，他们长期远离海洋生活，所以全球各处的基地都不曾观测到这个种族。"

精卫和大鲲同时发出了一串惊叹信号，"从未见过的种族"等于"新文明"，他们的脑中必然有一套全新的文化。等这次的报告提交上去，恐怕整个蓬莱基地都会兴奋起来。

共工搓着手道："这25个，身体和意识都是宝啊。真想现在就分离出来……"

"脑手术回基地再做。到时我会试着申请三套肢体出来。"大鲲无限神往地说，"我再也不想拖着这么大的身体泡海水了，咱们三个，也该享受一次高档货。"

六、蓬莱仙境

　　林士仲与林百万两人原本被安置在东厢一隅，待大鲲掉头北上之后，此处反倒成了南厢房。

　　这鱼背上的空间本就狭小，如今安排了百十号人，更是将头尾两侧的厢房都住得满满的，唯独林家兄弟的房间只安排了两人两床。林士仲心忖道："大概那仙子也看出堂兄是商行领袖，但为何连我也……莫非她知我是有功名的人？"想到自己弃官南逃，又觉得甚是羞愧，仿佛这难以启齿之事已被人看穿一般。林百万却全无这些顾虑，日日痛饮仙酒，酩酊大醉，一天之中，倒有八九个时辰是在睡觉。

　　林士仲从堂兄床前拾起一个酒杯，搁回桌上。那杯底一触桌面，就变得沉重异常，稳立桌面后就不惧风浪摇摆，好似镶了磁石的杯子放在铁案上一般，但这桌面又分明是陶瓷所制，林士仲深感困惑。他这几日一直在上下打量自己的房间，越看越觉得古怪。

　　这屋子从外面看去与汉唐庭院别无二致，屋内却是风格迥异：整间房上下四壁浑然一体，除东墙一处略微凹陷外便连个接缝也无。四面墙壁均未涂油灰，但又洁白光润，触手微温，与陶瓷材质极为相似。屋子正中的这面圆桌，造型颇似亭中石桌，仅正中有一条独腿，却又不是石料垒成，而是从地面中直直生出，便好似钟乳洞中生出的石笋一般。林士仲始终想不通，究竟要如何烧制才能做出这屋子般大小的一件瓷器。况且陶瓷脆硬易碎，难以高过一丈，否则上部倾轧，下部断折，必不能拉坯成型。而这间屋子高一丈有三，又在海中颠簸，却无倾颓之势，着实令他费解。

此时林百万刚刚转醒，又"子聪、子聪"地大叫，让林士仲扶他起床。房中这两张卧床也甚是诡异，四边床沿高高竖起，床头还有一块盖子上下嵌合，俨然就是个棺材模样！林百万起初说什么也不愿进去。后来看那床板毫不平坦，反倒前后凸凹起伏，一时好奇便躺进去试了试，只觉身体舒坦，便舍不得起来，嘟嘟曕曕地睡了个好觉。

只是这床板虽舒服，要下床时却颇费事。林百万日日宿醉，头重脚轻，非林士仲帮忙便爬不出这棺材。林士仲遂皱眉说道："堂兄这几日贪杯了，看看，日近中天方才醒觉！"林百万讪笑道："子聪你不懂嘞，这仙酒，真不一般。既无酸腐酵味，又无糟糠浑腥，实乃……酒之精华也！"说罢咂嘴后又叹道："不过这酒精里没了五谷的香醇劲儿，也挺可惜的。"

林士仲扶他到桌边坐下，却听身后噼啪有声，如同沙砾落地。他知是午饭送到，便转身到东墙凹陷处取了两个新冒出来的管子，将其中一个递给了林百万。

这仙境之内，饮食甚是方便，只需将杯碟放入凹槽，要水落水，要酒落酒。每日三餐之时，便由这形似竹筒的管子掉出。林士仲打开管口，将其中晶莹透明的软膏倒入口中，边吃边言语道："堂兄，这东西咱们吃了数日，还不知是何食材呢。"

"你觉得这像什么？"

"唔，甜咸酸味都有，还略有些牛乳香。口感近似草龟茯苓膏，可看上去却白亮透明……"

林百万又咂嘴道："这么说我倒想起来了，仙家饮食里有个叫玉英的东西，是拿白玉捣烂后做成的，跟这个很像嘞。"

"玉英啊……"林士仲念道，"倘若成仙后整天吃这个，还真不习惯。"

"嘿嘿嘿，子聪你想得美哦，玉英可上的是仙家的宴会食谱，神仙平日都是餐风饮露的。"

林百万顿了顿，又凑近林士仲道："咱们过几天就要登仙了，有些事，我还不太明白。"

"堂兄你不是学过方术吗？这玄奇之事你该比我通晓啊。"

"这次是想问问你们正统的黄老之学。"林百万又低声说，"道祖他说过飞升的细节吧？具体是怎样的？"

"语出多门，因人而异。"

"有说肉身的事吗？"

林士仲取出纨扇，在桌上磕了两下，亦低声道："堂兄，是在担心你那花柳病的事吧？"

"嘿嘿嘿，咱荒唐事做多了，总要抱憾终身……"

林士仲摇着纨扇，沉默了半刻道："当日那精卫仙子宣旨时，曾说过脱去苦海沉沦，身出入圣，这便是要抛却肉身之意。"林士仲又想了想道："虽说天道亦有五衰，但堂兄你担心的终究是肉身顽疾，大可抛诸尘世，不必挂怀了。"

林百万听罢也点了点头，起身说："想想也是，今天就不喝酒了，咱们出去逛逛。"

林士仲自上岛后一直在房中参详眼前事，亦未曾浏览过仙境，便也欣然起身，与林百万一同踱到院中。他们所住的南苑有一片藕花小湖，红白莲花正绽放，只可惜海风正盛，嗅不到半点荷香。林百万绕着莲池玩赏，林士仲却觉得海上赏莲甚是别扭，与风雅之道格格不入，便独自向北苑行去。

北苑的布置与南苑又有不同，此处虽无湖景，却架设着小桥，两岸植桃种柳，红绿相映，也颇有一番意境。林士仲在桃花林中往来流连，与住在这北厢中的伙计、翻译等人打打招呼，不知不觉间便已过午。

林士仲算算节气，已近初春，正是桃花灿灿、杨柳依依的时节，便又起了诗性，抚弄着桃花吟道："问余何意栖碧山，笑而不答心自闲。"正摇着扇子顿下句时，却听身旁一人应和道："桃花流水杳然去，别有天地非人间。"

这声音清脆稚嫩，也分不清是男童还是女娃，林士仲心中奇怪："这北厢中还住有孩童吗？"转身四顾，却是一个人影也无。正诧异间，却见身弯一丛桃花颤了两颤，自枝干处传出一串笑声："嘻嘻嘻，别找了，我就在你面前啊。"

林士仲颤声道："你？桃花？"

"非也，我是桃树，桃树之仙。"

林士仲心知这仙境之地无奇不有，便也不觉害怕，反倒生了猎奇之心，又问道："你是这岛上的树仙吧？你也知这首《山中问答》？"

"当然，这首诗是谪仙写的啊，桃树都知道。"

"如此说来，此处的桃仙不止你一株了？"

"会说话的就只有我。"

"听你话音尚幼，还未成人吧？"

"什么是成人啊？"

"逾弱冠者，始为成人。"

"什么是弱冠啊？"

林士仲哑然道："你未曾读过《礼记》吗？"

169

桃树晃了晃枝叶说："我不知道啊，你可以教我。"

于是林士仲便略略讲了些《礼记》上关于年岁称谓的记述。说至男女称谓的区别时，他又问桃仙道："桃树多是雌雄同株。我不知该说你未及弱冠，还是未及桃李。"

桃树又晃了晃枝叶说："雌雄？我知道的，我是一株碧桃，你可以把我当成男孩儿。"

林士仲凑近看去，见这树上的桃花每朵均有七八片花瓣，遂点头道："原来是重瓣碧桃，此树只开花不结果，确有男子之相。"

"那你快帮我算算，我现在该称什么呀？"

"嗯，先告诉我你的生辰。"

"什么是生辰啊？"

"不知也无妨，记得年号便能推算出来。"

"什么是年号啊？"

林士仲又哑然道："你不知大唐的年号吗？"

桃树晃了晃枝叶说："我不知道啊，你可以教我。"

林士仲突然觉得这尴尬场面似曾相识，便又打起精神，讲解了一遍大唐开国以来的年号更迭。他本是科举出身，又做过公门中人，对这些自然烂熟于胸，但想起自己弃官以来的境遇，又难免嗟叹些世事无常，天道难测。

"你以前是做过官的人吗？那你最近在海上做什么呀？"

"我们是商贾，在海上经营些往来贸易。"

"什么是往来贸易啊？"

"就是将货物买进卖出。"

"你们买进卖出什么呢？"

"这一趟，大掌柜贩的是昆仑奴。"

此话一出口，林士仲便深感后悔，心想这桃仙恐怕又要追问"昆仑奴是什么啊"，抑或说"我不知道啊，你可以教我"。那桃枝便真在此时晃了晃，可说出的话却让他大感意外。

"昆仑奴？我知道啊，你要送他们回昆仑山。"

林士仲一时懵懂，只得随口应道："啊，是啊。"

"昆仑山真的那么高吗？一定要从海上绕回去？"

"这个……是呀，昆仑天堑，自是人所难越。"林士仲只觉这对话越来越不可捉摸，倘若继续谈下去，恐怕还得解释什么是天堑，然后再描述一遍南海地理，急忙朝桃树作揖道："天色已晚，林某不便多做叨扰，在此告辞了。"

那桃树倒也不做挽留，直言："告辞，告辞。"

林士仲本还要说些"仙童请留步"之类的套话，但想起对方是棵桃树，也就不知该如何留步，索性快步跑出北苑，急急回到南厢去了。

一进屋便看到林百万坐在桌前饮酒，他见林士仲回来，立刻招呼道："子聪，快过来坐，我今天可碰上件稀罕事儿。"林士仲本也想向林百万说些桃花仙童的事，但他一向习惯先听堂兄的说法，便依言坐到林百万对面。

"这件事儿说起来呀，其实也不算怪，这儿是仙境，啥不能有？"

林士仲在对面点点头。

"今天子聪你刚走，我就在池塘边上碰到一朵会说人话的荷花，还自称是仙子。"

林士仲听着，扬了扬眉毛。

"我就跟她闲聊了一会儿，嘿嘿，我可没调戏她，不过一朵花嘛。只是这小仙啥都不懂，只一个劲地说为什么为什么、你教我啊你教我，啥都要我现教。我就胡乱编了些瞎话，说得她一愣一愣的……唉？子聪，你在听吗？"

"嗯，子敬你接着说，你都给她编了些什么？"

"哎呀，那可多了去啦，她问我在海上做什么，又问昆仑奴是怎么回事儿。我就跟他说，昆仑奴本来都是住在昆仑山上的人，他们在山头上过活，一不小心就被风吹下去了，吹到天竺、大食那边。那边的山陡啊，爬不上来，就只好乘我们的船回大唐，然后再爬上昆仑山回家。"

林士仲听着若有所思，半晌不语，待林百万说完，便问道：

"子敬，你跟她说这些，是什么时候的事？"

"过午以后吧，说完这段我就回房来了，大概一个时辰以前。"

"那……半刻之前，桃花仙怎会有这套说辞……"

"嗯？子聪你说什么？"林百万没听清他这句呓语，便凑上来问。

林士仲急忙摆手道："啊，我是问这荷花仙现在何处？"

"太阳一落山，她就合苞了。"林百万嗫着酒道，"这小丫头睡得倒准时。"

林士仲起身说："咱们也歇了吧，明早我还想去看看那荷花。"

两人躺入床中，刚一闭眼，房间里那不知源自何处的光线便自动暗了下来。林士仲尚在琢磨那桃、荷二仙之事，却觉鼻间飘过一缕淡淡香气，意识便模糊了。两张床上那棺材板儿一般的盖子随即落下，将整张床罩得严丝合缝。林士仲周身的温度迅速降低，令他彻底失去了知觉。

舰桥中，精卫正在翻检几份文档，共工的信号突然插入进来："今天又发现了什么？"

"收获颇丰，林士仲和林百万进入了园林地区。我趁他们分开行动的时间，安排了聊天程序与两人交谈。这里，是从林士仲处收集到的知识。"

共工点开文件说:"我看看,这一段是《礼记》吧?跟现有版本相比似乎又更新了?"

"是的。"精卫答道,"六艺经传的注释每一代都有所不同。"

共工往下看去,又说:"这个有价值,唐朝的年号历法,好像有几十年没更新了吧?这都乾符七年了?"

这时舰桥的门打开了,共工晃悠着走了进来,他和精卫之间的通讯却没有半点延滞,仍接着说:"这么说他们出航时就是乾符六年。嗯?后面那个文件是林百万的?"

"这个毫无价值。"精卫说着,又把第二份文档发给共工,"你仔细看看,全是些胡言乱语,矫正后没几句能用的。亏我还给聊天程序开了即时写入,现在又得筛查数据库。"

"那你可惨喽,那些关联项都得一项一项地摘。"

"所以说,这些奸商的数据最难处理,有时候他们连自己都骗。"

共工此时又晃到墙边输液,哂笑着说:"我倒是很欣赏这个人,能把你耍得团团转也算是才能了。如果舰长能给咱们申请下肢体来,我就打算要林百万的。"

精卫正色道:"你可别忘了,这个人有疾病嫌疑。今早监控他们对话的时候不就发现端倪了吗?尤其是那句话,荒唐事做多了,总要抱憾终身……你后来的分析结果如何?"

"没发现什么问题，只是些常见的细菌、真菌罢了。"共工挥挥手道，"空气里到处都有的那种，没啥传染性，通过常规处理就能无菌无害了。"

"那就好，等明天到了蓬莱岛基地，就立刻……"

舰长大鲲的信号突然在公共频道中响起："不用等到明天了，我刚刚对所有的活体样本做了低温保存。"

共工大吃一惊，说："今晚就冷冻了？不都是等到基地做完脑组织分离才冻吗？"

"刚接到总部通知，马上就要全面撤离了。基地人员明天登舰，手术改在回母星的路上做。"大鲲说完又补充了一句，"无重力环境下手术也方便些。"

精卫也问道："时间安排得这么紧，到底怎么了？"

"母星那边又有新的技术突破，刚整理出了完整的运动数据库。原来人类对肢体的控制代码不全在大脑里，他们将一部分数据——主要是经验——储存在脊髓和肌肉神经处。举个例子，就是在终端上分配几个辅助存储器，倒也能提高不少效率。"

精卫听罢点了点头道："也就是说，将来在母星上组装的零件也能媲美原生肢体了？那我们确实不必再收集人体了。"

"万幸，这技术离实用还差点儿，至少一两年吧，所以我们要把手头这批加紧运回去。"大鲲又发出一个表示遗憾的信号，叹道：

"今后搜罗知识的活儿，就都交给半自动程序和远程交互的人干了。基地里不必再留人，以后也不再派考察船。唉，没想到我刚说不想再操控舰船，这舰船就成历史了。"

精卫同样发出了"遗憾"，而共工则更关心其他的事。

"老大，我们的高档货呢？"

"这个你放心，已经批下来了。完成后期加工就给你们内部供给。现在每人挑一个吧，我给打上标记。"

精卫抢先说："我要识别标签 002 号——林士仲！"

"你要这个干吗？又不高又不壮的。"共工揶揄道。

"林士仲是读书人，汉字书法代码肯定就在他的手里。这是奢侈品，格式化了多可惜。"

"你要林士仲，那我就要林百万！体积大质量大，我早看上的！"

大鲲奇道："你们两个，识别标签004—028的那25个都不要吗？"

"老大，莫非你想要？"

"那当然！肯定要从这里面挑嘛。这些被定义为昆仑奴的人，运动能力是最高的，是这批高档货中的精品。"

共工摆摆手说："大概就是因为这样，他们才会被贩卖吧？"

"那林士仲他们又为什么被我们贩卖呢？"

"想这些干吗？说不定哪天，我们还要被其他文明贩卖呢！"

大鲲喊道:"你们两个,别闲聊了,过来帮我准备升空的事。明天就要脱离大气圈,计算量可不是一般的大!"

随着西方一点残阳的落尽,这个世界的恒星被彻底挡在了海平面外。大鲲撤去背上的伪装,将那些光鲜亮丽的屋舍变回四四方方的构造体。这些突出的建筑依次沉入舱腹之中,大鲲的背脊便又恢复成了平滑的流线型。他再次校准了航向,朝着蓬莱基地加速驶去。

所谓的蓬莱基地,却并非传说中的蓬莱岛。这里距胶东半岛仍有很大一段航程,只因当初在这片海域捕获了徐福船队的遗船,才将其定名为蓬莱基地。基地设施大都潜藏在海底礁岩之中,仅在隐蔽处留有坞口,供考察船出入。

大鲲便在午夜时分驶进了船坞。此时,另外两艘考察船"敖光号""相柳号"早已整备完毕。基地人员连夜登船,赶在天亮前完成了发射准备。此时,空无一人的基地停止了一切活动,暂时进入休眠。

三艘考察船开始在海中调节重心,靠移动舰内气舱的方式将舰身竖直向上,随后发动舰尾引擎,在一阵轰轰隆隆的水汽蒸腾中,冲出海面,直向高空飞去。

倘若附近海域此时有渔民通宵劳作的话,大概又会留下"蛟蛇升天、龙王述职"的传说。

考察船转眼间便穿过了对流层和平流层，在中间层进行了一次程序转弯，向西侧飞去。此时从正东方又有两舰编队飞来，那是来自东方海域"龙宫城基地"的考察船。为了赶在晨昏线扫过前起飞，他们比蓬莱基地提前发射了片刻。

船队仿佛追赶黑夜般向西飞行，随着各地黎明的到来，沿途其他基地的舰船也不断加入船队——来自阿卜杜拉基地的"曼荼罗大山号""金鱼号"；来自科尔喀斯基地的"塞特斯号""希波卡姆斯号"；来自瓦尔哈拉基地的"瓦尔基里1号""瓦尔基里2号""瓦尔基里3号"……

数十艘舰船组成了一个小型的质量体系，他们沿椭圆轨道逐圈加速，渐渐接近了行星的逃逸速度。如果林士仲此时还有知觉的话，大概会急着翻开一本《南华经》，在《逍遥游》篇中加上一条注释："夫扶摇而上者，绕地加速也。某乘鲲鹏项间亲历之。"

船队飞出引力圈后，纷纷展开太阳帆，向着恒星的反方向飞去，那里有他们的母星——太阳系的第四行星。

七、火星

精卫沮丧地放下毛笔，甩了甩发酸的右手。她从未想过书法会这么难把握。林士仲原本书学右军，其实自唐太宗之后全国都在学右军，但精卫发现，即便用上了林士仲的肢体，自己这辈子恐怕也写不出这种不符合代码的字。本来嘛，横就应该是横，竖便理当是竖，哪有……

她正气着，左手却不经意地上下翻动，这个动作更让她觉得懊恼。早知道就该把左手格式化了，省得落下这打扇子的破习惯！

就在这时，一道来自中央数据中心的信息跳入她的终端，毫不客气地挤掉所有进程，站到了最前排。精卫卡壳了一瞬，对这条信息的优先级感到很愕然。她很少收到直接来自中央的指令，这种加了顶级安全限制的更是前所未有。她有些犹豫地验证——解密——再验证——解压——读取，却只是很短的两段，要求她亲自前往某地点，还附带了坐标。

事到如今也没权利犹豫了，精卫立刻起身出门，赶到离家最近的轨道交通站。在等车时又顺便补充了些糖原，她现在用上了有机身体（林士仲），所以在车站的公用输液机上又多选择了一组线粒体，这些人造细胞器可以缓和端粒缩短造成的衰老，是她现在必备的食谱。

当她惴惴不安地赶到目的地时，才发现自己被唤到了网络安全部。这里是掌管整个星球交互通信的地方，她开始努力回忆是不是自己编的书法程序毁坏了别人的右手，却始终没什么头绪。在一阵忐忑后，她终于还是走进大门，接入了该单位的内部网络。

在门前迎接她的便是"网络安全部"本人。精卫心里清楚，在她眼前的这套身体后，是上百个意识在同时运作，他们的分布式计算结果就是网络安全部的决策行为。在互致问候之后，网络安全部请她去研究室"看一样东西"。

"很抱歉，我们还不敢把这些资料放在网络上传输。只好请您亲自来确认。"

"嗯，我明白，是很重大的安全威胁吧？"

"是前所未有的威胁。"网络安全部点头道，"毫不夸张地说，这是我们第一次在事故面前毫无头绪。你们可能是唯一的线索……我们最好不要说太多，我不清楚现在的对话是否安全。"

精卫在这之后一直保持沉默，直到她看到了那套肢体——林百万的肢体，原本的"高档货"之一，但现在已完全失去了生命迹象。

精卫感到一阵不安，有些颤抖地问："这，这是什么？"

"我们通常管这叫'尸体'。"

"不可能，我认识这套肢体，识别标签林百万，不会错！不会错的！"精卫顾不得安全警告，指着自己（林士仲）说，"和我这套是一个批次，根本就没超过使用年限啊！"

网络安全部仍是点点头说："肢体并没有受到太大损害，但脑芯片已经死了。"

"程序崩溃？"

"物理破坏，受害者的人格识别代码是……"

网络安全部报出了一串陌生的名字，精卫稍稍松了口气。但对方似乎也看出了她的忧虑，又补充道："他是肢体的第二任用户。最初的受害者是 03710925，人格识别代码——共工，曾在星间考察船'大鲲号'上担任 1 号操作员。"

精卫的电势瞬间升高，又落到低处连续震荡，她知道这种情绪叫"惊惧"，但还是尽量具体地回答说："是的，我认识共工，我当时就在舰上担任 2 号操作员。"

"请问你最近是否有过程序频繁出错，垃圾代码增加，意识模糊或处理单元减少的症状？"

"我？好像没有。"精卫仔细回忆着自己的近况，摇头道，"没有，这些都没有！"

"我们刚刚问询过你们的舰长，他也没有相应症状。"安全部顿了顿，似乎在犹豫该不该继续对话，最终还是说，"这样我们就可以把共工的染毒时间圈定在着陆之后。很明显，在星间任务完成之后，你们没有再联系过。"

"有过几次通信，但没做过大规模的信息交换。"

"你很幸运，我们怀疑他感染了一种传播性很强的网络病毒，这些病毒可以将自身代码插入任何进程，造成频繁的错误和混乱，最终导致不可逆的系统崩溃。而且，病毒连蛋白质运算单元的修复与分裂也会介入。你知道，这是蛋白质芯片的存在基础，所以程序问题暴露之前，物理损伤就已经发生了。这是一种十分凶恶的病毒。"

"染毒症状这么明显，为什么还会有第二任用户？"

安全部微微压低了下巴，说："这就是我们感到恐惧的地方。共工死后，我们没能找到病毒的存储位置，但这套汉人肢体是市面上的抢手货。我们只好将他的运算器全盘杀毒，格式化了整个神经网络。后来为求保险，还抹消了每一个神经元的记录，重灌了基本代码。"

他将头颅压得更低，接着说："我们明明清理了所有存储位置，去除了全部数据。但病毒还是躲在某个地方，传播给了第二个用户。"

"真的还有这样的地方吗？"

"理论上没有，除非病毒能把自己记录在存储器以外的地方。"

说到这里，安全部突然愣了愣。精卫猜想他们这时遇到了内部争议，就在一边安静地等他把话说下去。

"理论上没有，除非病毒能把自己记录在存储介质以外的地方。"

精卫回答道："是的，我明白这两句的差别。"

安全部突然又没了反应，他呆立半晌后对精卫说："还有很多数据需要您本人核实，请在左边的房间稍等一会儿好吗？"他将一份没有加密的文件传给精卫，精卫眼前便立刻出现了一张做了标示的建筑结构图，安全部在一旁补充道，"你们的舰长也在那里。"

精卫对此并不奇怪，按照标准流程，网络安全部必然会先联系大鲲。但是当她走进等待室，看到一个乌黑高大的身形时，还是吓得说不出话来。

大鲲见她没有主动通信的意思，便先打招呼说："啊，精卫，我就知道你肯定会来。"

"大鲲？真的是你？我也知道他们把你找来了，可是……"精卫瞪大双眼，拼命扫描着对方的外形，"这外形太不像你了！我还以为是哪位大人物！"

原来这昆仑奴的肢体刚一上市，就被看作稀世珍品，引发全民狂热。最后只得由政府计划分配，除了大鲲事先领走的这一套，全都配置在了行星改造等紧要岗位。如今在民众的眼中，出门时用上昆仑奴的肢体，最是彰显身份。

大鲲略有些得意地说："我早说过，这才是最高端的。"神色却又忽地黯淡下来，"尤其是共工那家伙，非要那满脑子阴谋诡计的林百万。搞不好他就是被那些邪门歪道的逻辑烧了处理器。"

精卫皱眉道:"那些商人逻辑就是病毒吗?"

"什么病毒?"

"杀死共工的病毒,网络安全部没有告诉你?"

"没,他们只是问我有没有程序频繁出错,垃圾代码增加,意识模糊或处理单元减少的症状。"

"是的,他们也这样问我,然后就说可以把共工的感染时间圈定在着陆之后。又怀疑他感染了一种网络病毒,这些病毒会将自身代码插入任何进程,造成……"

"等等,精卫!他们只告诉我共工的芯片物理损伤,然后就叫我到这儿来等着了!"

精卫把大鲲摁回座位上,又坐到他身边,说:"别担心,你的经历才是正常的办事流程。反倒是我这边……他们让我知道的太多了……"她转头盯着大鲲,"按照标准的处理流程,关于病毒的那些信息,都是不会透露的。"

"联合会议,现在开始。"

当精卫和大鲲在等待室里碰面时,网络安全部的意识已置身于会议界面中。这是集合了所有政府部门的联合会议,'共工事件'被视为最高危机,安全部本人也被赋予了召集会议的权限。他面对着代表整个政府的庞大意识和周围的几十个部门意识，慢慢地说："我申请辞职。"

"你的辞职范围？"

"网络安全部全体工作人员。"

"你们的辞职理由？"

"我的决策能力正在降低。今天接触考察船成员精卫的时候，我连续犯了两个错误，也就是两次错误的整体决策。"安全部有些颤抖地说，"我将共工的真正死因告诉了精卫，当时全体工作人员的赞成与反对的比值是 3：2，后来靠外部辅助才发现该行为违反工作守则。随后我又将某词条——存储介质——的定义错误地指向了存储器，这个错误立刻就被发现了，但出错原因还未知。"

"你的自检结论是什么？"

"错误已超出正常误差的范畴，况且我的部门行为是复数个体联合计算的结果。自检结论是，构成网络安全部的人员中大部分同时出错，有集体染毒的嫌疑。"

"你的大范围误差也可能是由疲劳或饥饿引起的。毕竟你们已经连续工作超过 49 个小时了。"（注：火星自转周期约为 24 小时37 分）

安全部沉默了，他明白自己的判断已经不再可靠，这时应该把决策权交给别人。

"你们现在最重要的就是休息。冷却一下处理器，再补充些糖原。我们会分配额外的计算资源来继续你们手头的工作。当然，是暂时的。"

安全部表示认可，并自动退出了会议链接。但会议并没有继续下去，所有政府部门都在忙着检查自己的既有决策。他们无法肯定自己的部门内有没有染毒个体，甚至不知道"给安全部放假"的决策是否正确。虽然民众并未知晓，但这种病毒的发病人数已超过百人，考虑到该病毒拥有较长的潜伏期，实际感染人数可能还要高出两个数量级。一个人人自危的敏感时期已经到来。

精卫和大鲲并没有在等待室里坐太久，"网络安全部"很快就回到他们面前，开始按照标准程序展开信息搜集。两人无声地对望了一眼，在私人通信中小声说："大鲲，这是先前接待你的那个安全部吗？"

"很明显不是，他的动作习惯完全变了，就像重灌过一样。"

"和我见过的那个也不一样，你可别告诉我说他们部门改组了？"

"我们该直接问问，他隐瞒了太多的实情。"

于是，精卫便问道："请问我刚才与网络安全部的对话还有效吗？你们似乎不是同一个部门。"

"不必担心，对话记录都在。"安全部抬头道，"刚好到了轮值时间而已，你们是不是也发现我的工作人员都换了？"

"下班？这个时间？"

"当然。现在最紧要的还是病毒问题——我想你已经和你的同事交流过了——通过对舰载记录的分析，我注意到你和共工谈论过一次感染危险，是关于林百万本身的？"

精卫很配合地回忆道："是的，当时我们刚刚捕获这些唐人。林百万曾对林士仲暗示说，自己正受到某种疾病的困扰。截获的关键词有花柳病、荒唐事、抱憾终身。"

大鲲接着说："共工随后就分析了林百万的细胞样本，都是他当天睡眠时采集的。我这里还有化验记录，应该不存在任何传染源。"

"是的，我们对尸体的例行检查也没有发现问题，所以才允许它上市。"安全部摇着头说，"但是病毒仍然存在，还表现出了篡改程序段的能力，所以这应该不是什么病原体或者生物形式，这是程序病毒。"

随后，两人按照要求检索了所有与共工挂钩的记忆，并将拷贝文件交给了安全部。当精卫跟在大鲲身后走出这栋建筑的时候（同时切断了与部门内网的链接），她忍不住问："你是不是也觉得，最初接待我们的安全部出问题了？"

"十之八九是停职了，而且我们的私人对话也被内部网络拦截过，他知道我们怀疑网络安全部改组。"

"所以他才用了那个更蹩脚的借口？下班？"

"对，目的是让我们感觉自己没猜中，误判，然后放弃对此事的关注。改组原本是最优借口。政府部门为了选取高效组合，会不停调整运算资源的分配，一天改组十几次那都是常有的。如果真是改组，他就没必要撒谎，所以肯定是改组和轮值以外的情况。"

这时两人已走到车站，大鲲又接着说："而且最近申请辞职的部门特别多，都是坐落在这个区的。我在环境开发部就听说，有个连续责任事故……"

"环境开发？行星改造！大鲲你真的是大人物啊！"

"别别别！"大鲲忙不迭地解释着，"都是高重力作业啊！我不去谁去？"

"快说！快说！你在岩层里都看见了什么？"

"你别激动啊，这个开发过程不都是公开的吗？人工调整星球磁场，减弱干扰；减小地幔密度，降低星球重力……不就是这些事儿吗？你调到新闻频段，整天都在说这个。"

"先等等。"这次是精卫主动打断了大鲲的话，"你不觉得，这趟车误点了吗？"

城内的轨道交通一向以精确守时著称，到站误差只能以秒计。

但两人此时注意到，自己正在等一班原定 10 分钟前到达的列车、一班 5 分钟前到达的列车和一班本应停在面前的列车。

"大鲲，这三辆车到哪儿去了？"

此时，她身边的大鲲慢慢地坐到车站长椅上，高大的身形显得有些颓丧。精卫能看出他的处理器正处在低电势状态，就听大鲲对她说："你接上城市新闻吧，他们正在报道轨道列车连环相撞。"不等精卫反应，他就自言自语道，"说这几起事故都是由很小的计算误差造成的。这么多人，各犯各的错，哼，看来又轮到交通部集体辞职了。"

"联合会议，现在开始。"

政府最高意志盯着眼前那个孤零零的链接点，一如既往地正色道："行星间开发部，请你开始述职。"

对方却是不紧不慢地张望了一番，说："今天，能链接上会议的部门就只剩我一个了吗？"

"是的，病毒的传播速度远超预期，其他部门已经彻底瘫痪了。无论组织还是个体，没有一个能联系上。"政府又核对了一次参与会议的部门数，似乎对答案是"1"而不是"0"感到很满意，便接着说，"安全部和交通部是辞职后消失的，剩下那几个甚至没来得及辞职。"

"唉……那些政府机关都集中在一个区，难怪传染这么快。我也只剩远郊发射基地的人员还能动了。嘿嘿嘿，你又是怎么挺到现在的？"

"我是政府的最高意志！我是全球的行政中央！"最高意志喊完这两句也有些气短，只得老老实实地说，"因为我的人员编制是最大的。可基数虽大，现在也只剩不到百分之二了。"

"嗯，我们都到了山穷水尽的时候了。"

"注意！现在是在联合会议中。"

"可我连会议精神的存储位置都找不到啦。"行星间开发部继续嘿嘿笑着，倒有点儿自暴自弃的意思。

"算了，你今天就笑着述职吧。"

"我已经没什么有价值的信息了。倒是你，该把这件事的前因后果跟我共享一下吧。我现在就剩下这点儿欲望了，能满足吗？"

最高意志看着这个最后的组成部门，叹了口气说："我现在也没剩多少运算能力，纠错用掉的时间已经超过了百分之三十。我可以向你说明一下现在的形势。但是注意，这个过程中可能出现错别字，不要太在意。"

对方一阵沉默，最高意志把这当成是默认。他也明白这最后的听众坚持不了多久，便抓紧时间整理了一下资料说："目前可掌握的情报十分有限，仅仅能靠几份硬拷贝来分析各研究机构的结果——他们没来得及汇报。首先是病毒实验室，他们在病毒引起的程序错误中找到了一些规律，发现病毒总是在程序中插入一小段固定的字符串，与前后字符组成各种各样的错误指令。他们试着分离并翻译了这段信息，最终确认这是一段组装代码。"

"组装什么？"

"两种零件，其中包括一段核酸代码，也就是病毒本身的代码。以及几段多肽，缠绕后成为核酸的蛋白质外壳。"

"就这么点儿原料，能装出多大玩意儿？"

"未确认，按照这份组装图判断，直径只有 18 纳米 -22 纳米。"

"这么小？我还以为最小的碳基生命是 0.5 微米呢！"

"我说过这是生命吗？"最高意志犹豫了一下，"或许能算是生命吧。只是以我们现有的观测手段，还无法直接观测到这么小的构造，所以才一直没能发现它。病毒实验室坚持将其定义为一种病毒，生物病毒。"

"这跟我们平时说的病毒可太不一样了，嘿嘿。"

"是的，我们平时将那些自行传播的恶意代码称为病毒，程序病毒。这次的罪魁祸首具有类似的复制、传播和破坏的特性，所以将其定义为生物病毒。它原本只是寄生性的病原体，靠入侵人体细胞获取复制原料，但感染蛋白质芯片后，这种抢劫物质的手段就会在转录、表达时破坏掉原有程序代码，于是表现出了程序病毒的特性。"

"嘿嘿嘿，跑进物质层面的病毒，太耸人听闻了。"

"其实，更像是我们这些硅基生命闯进了它的世界。可惜我们意识到得太晚了。原本，碳基生命实验室是最有机会发现它的，但他们没有想到世上有这么小的生命，用细菌过滤器没能找到病原体，他们就放弃了生物致病的假设。直到病毒实验室的结果出来了，他们才想起用过滤后的体液接触仿生体，终于间接确定了生物病毒的存在，也找到了它的传播机理。"

"是靠体液交换传播吗？"

"不错，这种物质层面的传播手段绕开了所有防御程序。直到这时我才明白，脑后输液的充能方式是多么的不卫生。"

星间开发部抬头道："你刚才说，脑后输液不咋的？"

"无所谓，就当是我出现了错别字吧。不知是虹吸原理还是气压影响，每次充能时总会有些微营养液在接触后倒流回去，不但对同一装置的使用者造成传染，还污染了整个系统。当向全球各处输送液体的管道中枢遭受感染时，大面积传播就已经无法避免了。"

"嘿嘿嘿，全球总共就三套产 - 输管线，只要有两个感染者到处跑，就能把所有终端都传染遍。"

"是啊，把输液端口安置在公共场所也是我的一大失策。事后证明，车站终端的传染率是最高的，其次就是各部门的公用端口。"最高意志又立刻补充道，"在那之前，我还有一次失误，就是使用原生人类肢体时，不该彻底切除皮质层。我们的蛋白质芯片完全没有免疫力，如果能保留原大脑结构的话，病毒的感染也不会像今天这样难以抑制。"

"你怎么不说把邻星人类抓回来是个错误啊？"

"的确，看来我犯了一连串的严重错误。病毒在运输过程中受到了太空环境的影响，实验表明，它的变异速度加快了425倍，也就是说，在途中获得了额外637年的进化。"

"我们的时间还是邻星的时间？"

"是按照我们的公转周期计算的，相对于邻星来说就是刚好1200年。"

"嘿嘿嘿，我们带回了1200年以后的凶恶病毒。"

最高意志无奈地说道："不要再笑了，我现在仍然不明白我的决策错在哪里。我们原本是追求知识的文明，为什么会陷入对感官刺激的追捧？我们原本是为了自身发展才掳掠他人，为何最后反倒毁掉了自己的世界？这其中，究竟出现了多大的误差？"

"嘿嘿，这个我最清楚了，全是我经手的嘛。"行星间开发部仍保持着他那病态的乐观，"我们的计划展开速度太快了，急功近利哟。好多东西在深入了解之前，就已经做出实用产品了。现在想想都觉得后怕啊……嘿嘿嘿……"

"你说得对。我一直以高效的决断自豪,可近几次一拥而上的研发与开采确实留下了理论研究滞后的隐患。我们还没能整体把握碳基圈,现有的原理和伦理都太浅薄了……"

"嘿嘿嘿。"

"一切都来不及了,我们既没有能力重建输液系统,也找不出有效的过滤手段。"

"嘿嘿嘿。"

"就算回头重造硅芯片,以我们现在的误差率,已经写不出健全的人格了!"

"嘿嘿嘿。"

"这不是我的责任,毕竟我只能保证百分之七十三的决策正确率!"

"嘿嘿嘿。"

"不对,是百分之八十三。"

"嘿嘿嘿。"

"行星间开发部,请你开始述职。"

"嘿嘿嘿。"

"行星间开发部,请你开始述职。"

"嘿嘿嘿……"

此时，在行星的大地上，死亡静悄悄地降临了。在这段本可以称为"第二次全球恐慌"的危机之后，却无人能够回首。

原本用于行星地质改造的工程机械在一系列的计算错误中左冲右撞，受到刺激的地壳则隆起了巨大的火山。人工重力调整同样进入癫狂状态，忽高忽低的引力将大量气体抛离行星表面。逐渐稀薄的大气却又不甘寂寞，在磁场消失后，借助电离作用卷起了全球性的风暴，将低重力下的沙尘卷入空中，再加上火山赠予的硫黄成分，形成了轰轰烈烈的毁灭力量。

全球性的改造工程在失控后，终于成了全球性的灾难。金属的城市在红色暴风中迅速氧化，曾经的辉煌与繁荣没能留在任何一个存储器中，或许只需几百年时间，文明的痕迹便会荡然无存。

"咄！荧惑守心，离离乱象。我大唐的气数果然将尽吗？"朔月星辉下，葛袍老者抚须叹道："近日荧惑异变频生，恐怕圣人（注：唐代称呼皇帝时多用'圣人'）又有误食金丹之虞。"

他身旁一青衣小童嗔道："您怎么又说些大逆不道的话！"

"哼，如今反贼都抓不完了，谁还抓反词？"葛袍老者长袖一挥，轻嗤道，"眼下正当乱世，少管那些官宦纠葛。先寻得这场富贵，安身立命才是要紧。"

"师傅，你在这荒山野岭看星星，就能寻到富贵吗？"

"哼哼，这你就不懂了。记得五年前，黄巢攻龙溪时，有个海商王林百万埋散家财，遁往外地避祸。据说他的巨万家资就藏在这东石盟仙宫一带。为师我日勘风水，夜观天象，料定那……"

唐乾符六年，林百万离泉州以避乱军，自此湮没了行踪。在此后的几十年间，纵横四境的兵祸耗尽了唐朝最后一点儿元气，海上贸易也逐渐凋敝。待到天祐四年，哀帝退位，朱全忠以梁代唐时，海上丝绸之路已仅剩东海一条。此后，中国的历史中便再未出现过"昆仑奴"的身影。而这一时期的道徒方士们，则不约而同地记下了一段荧惑（火星）的异变，谓之"忽明忽暗、赤色渐浓"，并以这妖异的天象，来佐证一代黄金盛世的覆灭。

百年守望 / 王晋康

永生之殇

1

　　昊月国际能源公司的采掘基地设在日照较长的月球南极。采掘机夜以继日地工作着，从坚硬的洛格里特（月壤的正式名称）中采掘和提炼出宝贵的氦3，再用无人货运飞船送往地球。这个作业过程全部由主电脑广寒子管理。"广寒子"意指"广寒宫的得道真仙"——不用说，主电脑设计者肯定熟悉中国古典文学。整个基地只有一名蓝领工人，负责处理那些电脑和自动机械不好处理的零星杂事，人员三年一换。氦3的年产量为200吨～250吨，基本可以满足整个地球的能源需求。

　　毫不夸张地说，正是昊月公司的贡献，地球才进入了一个全新的氦盛世，一个使用干净能源和充裕能源的时代。公司创始人施天荣先生也因此成为时代伟人。

<h1 style="text-align:center">2</h1>

在月球基地工作的最大好处是安静，没有大气，听不到陨石的撞击声和采掘机的轰鸣声。从地球来的无人货运飞船在降落时同样是悄无声息，轻轻的一次震动，那就意味着飞船抵达基地了。这是武康三年合同期中的最后一次物资补充，他像往常一样去卸货口接收货物。但这次和以往不同，几分钟后他就气喘吁吁地返回，匆匆撞开生活舱门，怀中抱着一个身穿太空服的躯体。太空服的面罩上结满了冰霜，看不清那人的容貌。

武康急迫地喊着："广寒子！广寒子！货船中发现一个偷渡客，已经冻硬了！"

面容清癯、仙风道骨的广寒子迅速无声地滑了过来——这实际上只是广寒子拟人化的外部躯体，它的巨型芯片大脑藏在地下室里——冷静地说："放到治疗台上，给他脱去太空服，我来检查。"

武康卸下那人的面罩，情不自禁地吹了一声口哨："哇！曾祖父级的偷渡客！广寒子，我和你打赌，这老牛仔至少八十岁啦！"

那人满面银须，皱纹深刻如千年核桃。虽然年迈，但仍算得上一个肌肉男。广寒子笑道："我才不会应这个赌。山人掐指一算便知他的准确年龄是八十一岁。"它迅速做了初步检查，"没有生命危险，是正常的冬眠状态，只要按程序激活就行。武康你还是去接货吧，我一个人就行。"

武康返回卸货口继续工作，等他再次返回治疗室，那位"曾祖父级的偷渡客"刚刚苏醒。他缓缓地打量着四周，声音微弱地说："已经……到月球……了吗？请原谅……我这个……不速之客。"他的浓密银须下面绽出一抹微笑，话语慢慢变连贯了，"不必劳……你们询问，我主动招供吧。我叫吴老刚，今年八十一岁。我这辈子一直有个心愿，就是把这把老骨头葬在幽静的月球，而偷渡是最快捷、最省钱的办法。"

武康大摇其头："我整天盼着早一秒离开这座监狱，想不到竟有人主动往火坑里跳，还要当千秋万世的孤魂野鬼！"他安慰老偷渡客，"老人家您尽管放心，月球上有的是荒地。只要您不嫌这儿寂寞，我负责为您选一个好坟址。"

老人由衷地感谢："多谢了。"

"不过，你别急，您老伸腿闭眼之前尽管安心住这儿，好心眼儿的广寒子——就是基地的主电脑——一定会殷勤地照顾您。至于我呢，很遗憾不能陪您了，过几天我就回地球啦！"他喜气洋洋地说。

"谢谢你和广寒子。你要回家了？祝你一路顺风。"

通信台那边传来"嘀"的一声，武康立即说："抱歉，我得失陪一会儿。现在是每周一次的与家人通话时间，绝不能错过的。"他跑步来到通信台，按下通话键，屏幕上现出一个年轻妇人，穿着睡衣，青丝披肩，身材丰腴，嘴唇性感，清澈的眸子中盈着笑意。武康急切地说："秋娥，只剩十三天了！"两秒钟后，秋娥也说："武康，只剩十三天了！"

月地之间的通话有四秒多钟的延迟（单程是两秒），所以两人实际是在同一瞬间说了同样的话。双方都为这个巧合笑了。秋娥努力抑着情绪，说："武康你知道吗？我盼着你。"她轻笑着，"包括我的心，也包括我的身体。"

这句隐晦的求欢在武康体内激起一波强烈的战栗，他呻吟道："我也在盼着啊，男人的愿望肯定更强烈一些。见面那天，我会把你一口吞下去。"

秋娥笑道："那正是我想干的事，不过，不会像你那样性急，我会细嚼慢咽的。"她叹息一声，内疚地说，"武康，三年前我们不该吵架的。这些年来我对过去做了认真的反省，我想，我在夫妻关系中太强势了。"

三年前，他们狠狠干过一架，武康正是在盛怒之下才离开娇妻，报名去了鸟不拉屎的月球。"不，不，应该怪我，你在孕期中脾气不好是正常的，我不该在那时候狠心离开你。我是个不会疼老婆的坏男人，更是个不称职的爸爸。等着吧，我会用剩下的几十年来好好补偿你和儿子。"他说。

秋娥拂去怨痛，笑着说："好的，反正快见面了。我不说了，把剩下的时间给你的小太子吧。"她把三岁的儿子抱到屏幕前，"小哪吒，来，给爸爸说，'爸爸，我想你'。"

小哪吒穿着一件红肚兜，光着屁股，脖子上戴着一个银项圈。他用肉乎乎的小手摸着摄像头，笑嘻嘻地说："爸爸我想你！"

看他喜洋洋的样子，不像是真正的思念，只是鹦鹉学舌罢了，毕竟他只在屏幕上见过爸爸。但甜美的童声击中了武康心中最柔软的地方，他的眼中不觉泛酸。他不想让儿子看见，迅速擦了一下眼睛，笑着说："我的小哪吒，我很快就回去了，耐心等着我！"

"妈妈说，我再睡十三次觉就能看到你了，对吗？"

"应该是十六次，还要加上从月球飞到地球的三天旅途。"

小哪吒举起小指头，一个数一个数地数到十六，最后没把握地说："我不知道数得对不对。"

"没关系，妈妈会帮你数。你只管安心睡觉就行了。小哪吒，想让爸爸给你带啥礼物？"

儿子不屑地说："那个破地方能有啥礼物！对了，你给我带一百个故事就行。我最爱听故事会讲好多好多的故事。"

"是吗？会不会讲哪吒的故事？我是说神话中那个哪吒。"

"当然会！哪吒是爸爸的三太子，有三件宝贝。他惹祸了，爸爸训他，他就自杀了。妈妈偷偷为他塑了个神像，又让爸爸发现后打碎了。后来哪吒的老师，叫紫阳真人的神仙，用莲节摆了一个人形，把哪吒的灵魂往里面一推，他就活过来了！"

"这就完了？"武康笑着问。

"还长着呢，等我闲了慢慢给你讲。"儿子口气很大地说。

"好，等我回家，再赶上你闲的时候，给我细细讲吧。"这个故事触动了武康的心，他不由得长叹一声，"这个哪吒的爸爸可算不上个好爸爸。"

秋娥见丈夫的情绪有些黯然，连忙打岔："咱家哪吒就太幸运啦，有个最疼他的好爸爸。"忽然，她用余光瞥到一个陌生人，"咦，基地中多了一个人！墙角那人是谁？"

武康回过头，见偷渡客扶着广寒子立在墙角："噢，那是一位勇敢的老牛仔，八十一岁了还冒死偷渡，以便葬在月球。"

秋娥低声埋怨丈夫："你该事先提醒我，有些枕边的话不该让外人听到的。"

广寒子扶着偷渡客走了过来，笑着说："哟，这句话太伤我的自尊心了。秋娥，你说枕边话可不是第一次了，是不是眼中一直没有我这个人？"

秋娥机敏地说:"当然有你这个'人',但你哪里是'外人',我早把你看作家里的一员了。"她转过目光,对陌生人嫣然一笑,"喂,勇敢的老牛仔,你好。祝你早日实现愿望——哟,这话大大的不妥,应该说'祝你顺利实现愿望——但尽量晚一点儿',至少在你一百岁之后吧。"

"谢谢了,很高兴听到这样的双重祝福。"

十分钟的通话时间很快到了,双方告别后,屏幕暗了下去。但武康还在对着屏幕发愣。三年的孤独实在过于漫长,这些年如果不是有广寒子在旁,他早就精神崩溃了。现在,越是临近回家他越是焦灼,真是度日如年,几乎每晚都梦见妻子与小哪吒依偎在他怀里,醒来却是一场空。

广寒子非常理解他的心情,走过去轻轻揽住他的肩膀,不过没说什么安慰话。它知道这个蓝领工人很爱面子,虽然想妻儿快想疯了,但最怕外人看到"男人的脆弱"。这些年来,它与武康的相处已经很默契了。

在他们身后,偷渡客的心中同样激荡着猛烈的波涛,浑浊的老眼中波光粼粼。孤独的武康在尽情倾吐对妻儿的思念,但他不知道,此刻的"在线通话"只是电脑广寒子玩的把戏,是逼真的互动式虚拟场景。屏幕上那位鲜活灵动的秋娥,还有娇憨可爱的小哪吒,实际上只活在一个名叫"元神"的电脑程序中。

更为残酷的是，十三天后，也就是武康返回家园的那一天，等待他的实际是客运舱中的气化程序。

而这一切，其实都是偷渡客造成的。他在五十年前签下过一份合同，为了"一碗红豆汤"出卖了自己克隆体的永世生存权。捎带卖出的还有他三十一岁前的人生记忆，那对虚拟的母子正是以他那些记忆为蓝本创造出来的。至于这位克隆人武康，他的真实人生其实只有短短三年，即在月球基地工作的这三年，前二十八年的记忆也是从偷渡客的记忆中输入他的大脑中的。

这些年来，偷渡客的良心一直不得安宁。这次他以八十一岁的高龄冒死偷渡，就是想以实际行动做一次临终忏悔。

武康带偷渡客到餐厅吃饭去了，广寒子开始呼叫位于地球的公司总部。这是机内通话，外人听不见也看不到。而且——这才是真正的在线通话。公司董事长施天荣先生现身了。他与那位偷渡客是同龄人，同样的须发如雪。

广寒子首先汇报："董事长，有一桩突发事件，今天的无人货运飞船中发现一名偷渡客。"

四秒钟的时间延迟后，屏幕上的施天荣皱起眉头："偷渡客？装货过程一向处于严格的监控之中，外人怎么能混进飞船？"

"他恰恰不是外人。"广寒子叹道，"尽管相隔五十年，但第一眼我就认出他了。这个自称吴老刚的人就是基地的第一任操作工、十七代克隆武康的原版，那位老武康。"

仍是四秒钟的延迟，董事长苦笑道："这个不安分的老家伙！他到月球干什么？"

"据他说，他想来实现太空葬。"

董事长缓缓摇头："不，这肯定不是他的真正目的。"

"当然不是。我想——他恐怕是来制造麻烦的。"

"是的，他肯定是来制造麻烦的。当然，我们不怕他，昊月公司在法律上无懈可击。不过，"他沉吟着，"也许，这个不安分的老家伙会铤而走险，使用法律之外的手段？对，一定会的。广寒子，你尽量稳住他，我即刻派应急小组去处理，至多四天后到。"

广寒子摇摇头："完全不必。你未免低估了我的智力，还有我闭关修炼五十三年的道行。何况我和老武康曾经共事三年，完全了解他的性格，知道该如何对付他。这事尽管交给我好了。"

董事长略作思考，果断地说："好，我信得过你，你全权处理吧。要尽量避免他与小武康单独接触。必要的话，可以把小武康销毁。至于老武康想太空葬，你可以成全他。"稍稍停顿后，他又提醒，"但务必谨慎！老武康是自然人，受法律保护。你只能就他的意愿顺势而为，不要引发什么法律上的麻烦。"

"请放心，不会出纰漏的。"

"好的，董事会完全信任你。祝你成功，再见。"

小武康没有忘记他对偷渡客的许诺，第二天，他要去露天基地对采掘机进行最后一次例行检查，走前邀老人同去："挑选墓地是人生大事，您最好亲自去一趟，挑一处如意的。身体怎么样，歇过来了吗？"

　　老武康没有立即回答，用目光征求广寒子的意见——他知道后者才是基地的真正主人。广寒子笑道："哪里用得着挑选，月球上这么多陨石坑都是最好的天然坟茔。从概率上说，陨石一般不会重复击中同一块地方，所以埋在陨石坑最安全，不会有天外来客打扰你灵魂的清静。"

　　但说笑归说笑，它并没有阻止。老武康暗暗松了一口气，赶紧穿上轻便的太空服，随小武康上车。时间紧迫，距小武康的死亡时间满打满算只剩十二天了，他急切盼着同小武康单独相处的机会。

　　在微弱的金色阳光和蓝色地光中，八个轮子的月球车缓缓开走，消失在灰暗的背景里，在月球上留下两道清晰的车辙。广寒子把监视屏幕切换到月球车内，监视着车上的谈话。一路上小武康谈兴很浓，毕竟这是他三年来（其实是他一生中）遇上的第一个人类伙伴。他笑嘻嘻地说："老人家，说实话我挺佩服您的。八十一岁了，竟然还敢冒死偷渡！"

　　老人笑道："我可是 O 型血，冲动型性格。再说，到我这把年纪，连死都不怕，还有什么可怕的？"

"您是不是有过太空经历？我看您很快就适应了低重力下的行走。"

老人含混应道："是吗？我倒不觉得。"

驾驶位上的小武康侧过脸，仔细观察老人的面容："嗨，我刚刚有一个发现：如果去掉您的胡须和皱纹，其实咱俩长得蛮像的。"他开玩笑道，"我是不是有个失散多年的叔祖？"

老人下意识地向摄像头扫了一眼，没有回答，显然他不愿（当着广寒子的面）谈论这样的敏感话题。然后，监视器突然被关闭了，屏幕上没了图像也没了声音。这自然是那位老武康干的，他想躲开电脑的监视，同小武康来一番深入的秘密谈话。广寒子其实可以预先采取一些补救措施，比如安装一个无线窃听器等，但它没有费这个事。那位老武康会说什么，以及小武康会有什么反应，完全在广寒子的掌握之中，监听不监听都没关系。

它索性关了监视器，心平气和地等着两人回来。

两小时后，月球车缓缓返回车库。两人回到屋里，老武康亢奋地喊："太美啦！金色阳光衬着蓝色地光，四周是千万年不变的寂静。这儿确实是死人睡觉的好地方，我不会为这次偷渡后悔的。广寒子，我的墓地已经选好了！"

广寒子知道他的饶舌只是一种掩饰，但并未拆穿，故意说："任何首次到月球的人，都会被这儿的景色迷住。我想你肯定是第一次到月球吧？"

"当然当然！我是第一次来月球。"

小武康说："广寒子，准备午饭吧，我去整理工作记录，一会儿就好。"

说完，他坐到电脑前整理记录，表情很平静。但广寒子对他太熟悉了，所以他目光深处的汹涌波涛，还有偶尔的怔忡，都躲不过广寒子的眼睛。可以断定，监视系统中断的那段时间内，老武康已经向他讲明了所有的真相，但少不了再三告诫他要镇定，绝不能让狡猾的广寒子察觉。那些真相无疑使小武康受到极大的震动，但他可能还没有完全相信。

这不奇怪，小武康一直在用"我的眼睛"看"我的人生"。现在，他突然被告知，他的人生仅仅是一场幻梦，他的妻儿只是电脑中的幻影，如此等等，他怎么可能马上就接受这个真相呢？

这真是太荒谬、太残酷了！

两人平静地吃过午饭，小武康说他累了，独自回卧室午睡。广寒子遥测着他的睡眠波，等他睡熟，悄悄把老武康唤到远处的房间里。

"有朋自远方来，不亦乐乎。"广寒子微笑着，直截了当地捅破了窗户纸，"武康，我的老朋友，很高兴五十年后与你重逢。"

老武康颇为沮丧，但并没有太过吃惊。他叹息道："我这张老脸早就风干了，没有多少过去的影子了，我还特意留了满脸胡子，可惜还是没能骗过你这双贼眼！不过，我事先也估计到了这种可能。"

广寒子笑道："我就那么好骗？山人有容貌辨识程序，可以前识五十年后推五十年，何况你的声音没变。老武康，这些年尽管咱们断了联系，但我一直在关注着你。秋娥是在五年前去世的，对吧？"

"是的，她去世五年了。"

"你的小哪吒，今年应该五十三岁了吧？我知道他快当爷爷了。"

"对，谢谢你惦着他。"

广寒子摇摇头，感伤地说："时间真快啊，所谓'洞中只数月，洞外已百年'。在我心目中，他还是那个娇憨调皮的光屁股小娃娃。"

老武康讽刺地说："是啊，你要用这个模样去骗各代武康嘛。正如那句格言：谎言重复多次就成真了，哪怕是对说谎者本人而言。"

广寒子平静地反讽："这也是靠你的鼎力相助嘛，正是你提供了有关她娘儿俩的记忆。"它拍拍老武康的肩膀，直率地说，"咱们是老朋友了，不妨坦诚相见。讲讲你时隔五十年重回月球的目的吧，你当然不是为了什么太空葬。"

事已至此，老武康也就不隐瞒了："当然不是为了什么狗屁太空葬，我这把老骨头葬在哪儿都行，犯得着巴巴地跑到月球上来？实话说，我这次来是为了拯救——拯救这位武康的性命，也拯救我自己的灵魂。"

广寒子冷冷一笑："先不说拯救小武康的事，先说你吧。五十年前，在你告别月球返回地球之后，你已把自己的克隆体的永世生存权以两千万卖掉了！怎么，现在你后悔了？是不是两千万花完了？"

老武康不禁面红耳赤："我那时年轻，想问题太简单，我当时的确觉得把几十个口腔黏膜细胞，再加三年的工作经验和生活记忆换成两千万是非常划算的生意。"

"没错啊，太划算啦！这笔钱几乎是白捡的，你本人没有任何损失嘛。"

"不对。现在我想明白了，我卖出的每个口腔黏膜细胞都被你们制造成了一个个活生生的人，但他们却终生生活在欺骗中、囚禁中，他们是 21 世纪最悲惨的奴隶——这不行，我没法接受。"

"你还少说了一条——他们的人生只有短短三年！"广寒子说，"倒不是克隆人的身体不耐久，而是因为他们熬不过孤独。在荒远的月球上，他们最多只能坚持三年，再长就会精神崩溃。所以昊月公司只好以三年为轮回期，三年后，把旧人报废，用新的克隆人来替换。"

"没错，我再清楚不过了——我本人熬过那三年后就差点儿崩溃。"

"但有一点你还没意识到呢。你不光害了各代武康，还害了秋娥母子——我是指虚拟的秋娥母子。尽管他们只是活在那个'元神'程序中，但那个程序很强大，可以说，他们已经有了独立的心智。小哪吒毕竟年幼，懵懂无知，但秋娥就惨了，甚至比克隆人武康还要惨：她得苦苦熬过三年的期盼，然后程序归零，便开始新一轮的人生，新一轮的苦盼。到这一代为止，她的苦难实际上已经重复了十七次。"

老武康沉默了。过了一会儿，他恨恨地说："没错，是我签的那个合同害了他们，我是个可恶的浑蛋！但你的老板更可恶，他为了节省开支，才想出了这个缺德主意。"

广寒子摇摇头："不，你这样说对施董不公平。算上给你的两千万，这个主意并不省钱。他的目的是避免'人'的伤亡。你很清楚，月球没有大气，陨石撞击相当频繁，这种灾难既无法预测，也基本不可防范。你工作的那三年，就有两次险些丧生。"

老武康冷笑一声："那克隆人呢？他们的命就不是命？我听说十七代克隆人中，有两个人死于陨石撞击。"

广寒子心平气和地说："一点儿不错，他们的命确实不是命——在当时的法律以及施董那代人的观念中，克隆人并非自然生命，珍视生命的观点用不到他们身上。"老武康想反驳，广寒子又抢先说道，"我这不是为施董辩解，更不会赞成他的观点，要知道我本人也是非自然生命啊。我只是客观地叙述事实。公平地说，施董那时是从人道的立场出发，做出了一个不人道的决定。"

老武康不服气，但也想不出有力的理由反驳，低声咕哝道："狡辩。"

"而且从法律上说，对你的克隆完全合法，他们用两千万买了你的授权啊，这种做法很慷慨，甚至超前于当时的法律。"广寒子继续说道。

老武康不耐烦地说："那也不能改变他是浑蛋的事实，至多是一个合法的浑蛋。而且——浑蛋名单中还有你呢！尽管你只是一台电脑，只是执行既定的程序，但你毕竟亲手气化了一个个克隆人。你手上沾满了武康们的鲜血。广寒子，我想问一句，五十年来你兢兢业业，用秋娥和小哪吒的音容笑貌欺骗各代武康的感情——你对满怀渴望走进客运舱的武康们冷酷地执行销毁程序，当你干这些勾当时，就没有一点儿内疚？"

广寒子平静地说："你刚刚说过，我只是一台电脑，电脑是没有感情的。"

"少扯淡！咱们是老朋友，我知道你的智力有多高——绝对进化到了'智慧'的层次，完全能理解人类的感情。你忘了我对你的评价？我一直说你是'好心眼儿的广寒子'，就是嘴巴有点儿不饶人。"

广寒子点点头："对，我记得这句话。好吧，看在这句话的分上，这次我会尽力成全你。"

老武康怀疑地紧盯着广寒子，长叹一声："我怎么觉得你的许诺来得太快了一点儿，这么快就放下屠刀立地成佛了？"

"没错，我还是五十年前那个好心眼儿的广寒子，否则，昨天我给你解除冬眠时，恐怕就要出点儿小失误啦！那会儿，连小武康都不在现场！"

老武康一惊，想想确实如此，不免有点后怕。他闷声地说："我这个计划策划了十年，看来还是有纰漏。"他求告，"好心眼儿的广寒子，我的老朋友，求你放可怜的小武康一马吧。"

广寒子平静地说："你放心，我会妥善处理的。"

广寒子和老武康之间已经把话挑明了，现在它和他都悄悄等着小武康的反应。但六天过去了，小武康那边竟然没有动静。他照常睡觉、吃饭、做日常工作、收拾打算带走的随身行李、在健身机上跑步。他比往常显得沉默一些，但考虑到他马上就要告别这种生活，有这种情绪也属正常。广寒子不动声色地旁观着，老武康则越来越沉不住气——要知道七天后小武康就要"返回地球"，而客运舱中等待他的将是死亡！他会不会固执到拒不听从老武康的警告，仍要按原计划返回？真要那样的话，老武康死都闭不上眼！

这天晚上，小武康照例锻炼得满身大汗，冲了个澡，很快入睡了，并且睡得很香。老武康睡不着，在床上翻来覆去地折腾。广寒子轻轻地溜了进来，立在床边，淡淡地嘲讽道："老武康，睡吧。老年人可经不起这样折腾。我这两天够忙了，你别再让我抢救一个中风病人。说句不中听的话——早知今日，何必当初呢！"

老武康这会儿没心思与它斗嘴，半起身，压低声音说："广寒子，如果——万一——小武康仍照常走进客运舱，你真的会启动气化程序？"

广寒子没有正面回答："你放心，他绝不会走进客运舱的。我相信这一两天内他就会有大动作。"

"大动作？"

"等着瞧吧。事先警告你一句，他的反应很可能超出你的预料，甚至超出我的控制范围。"它长叹一声，"老武康，你历来爱冲动，如今已经八十一岁了，处事还是欠思虑。不错，你在晚年反省了自己的罪孽，冒着生命危险来到月球，这种行为很高尚。但你是不是把各种善后事宜统统考虑成熟了？比如说，救出小武康后，咋给他安排生活？"

"他应该回到人类社会，他应该成家，真正的家，而不是现在的镜花水月。他应该得到三年工资再加一笔赔偿。我本人也会尽力补偿：我把地球上的家产都留给他了，哪吒也同意在我去世后照顾他。"

"想得真周到啊！但你能肯定，这确实是小武康想要的东西吗？"

老武康有点儿茫然："应该是吧，这都是人之常情。"

"不，你并没有真正站在他的角度来思考。他的一生，只有对秋娥和小哪吒的思念。他们是他的全部，没有了他俩，他活着就了无生趣。现在他已经知道，地球上并没有那个秋娥和小哪吒，他们只存活于芯片内，圈禁在一个叫'元神'的程序中。你想在这种情况下，他会不会独自回到地球，却任由秋娥和小哪吒继续被可恶的电脑囚禁？"

老武康得意地说："对这一点我早有筹划。"

"什么计划？"

"暂时保密。"

"就凭你那点儿智商，还想跟山人玩心眼儿？说吧，是不是你那个与两份口腔黏膜细胞有关的计划？"

老武康惊讶地说："你……你已经知道了？"

广寒子很不耐烦："说吧，别耽误时间。"

"那……就告诉你吧，我已经事先取得了秋娥和哪吒的口腔黏膜细胞，还有两份授权书，其中秋娥的那份是在她生前办的。我来基地的目的，就是想逼昊月公司答应这件事：克隆出一个三十一岁的秋娥和一个三岁的小哪吒，并把'元神'程序中的相关记忆分别上传给他们。这样，小武康回到地球后就能见到真正的妻儿了。广寒子，这个计划应该算得上完美吧？"

广寒子看着他渴望的眼神，叹息着摇头："看来你真是用心良苦啊，我真不忍心给你泼冷水，可惜这条路行不通。"

"为啥行不通？"

"因为'元神'程序中的有关信息并非拷贝于本人的记忆，而是从你的记忆中剥离出来的，是第二手的、非原生的、不完整的、不连续的。用这些信息来支撑一个两维虚拟人——那没问题，但无法支撑一个三维的克隆人。"

老武康的脸色顿时变得惨白："真的不行？"

"真的不行。如果硬用它们来做克隆人的灵魂，最多只能得到一个精神不健全者。"

老武康十分绝望："但我的妻子已经过世，无法再拷贝她的记忆了！"

"即使能拷贝也不行，那只是重建了'另一个'秋娥或哪吒，而不是和小武康共处三年的'这一个'。两者分离了五十年，已经失去了同一性。"

"那该咋办？这个难题永远没有解了？"

"你以为呢？"广寒子没好气地挖苦他，"我不想过多地责备你，但事实是：自打你在那份卖身契上签上自己的名字，你就打开了潘多拉魔盒，放出了三个不该出生的人，也制造了一个无解的难题。关于这一点，小武康肯定比你清楚，否则他不会做出那样的决定。"

"啥样的决定？你已经知道了他的打算？"老武康急忙问道。

广寒子平静地说："一个绝望的决定——在六天前那次出外巡检中，也就是在你告诉他真相之后，他从工地悄悄带回几包 TNT。他做得很隐秘，连你也没发现，但我在生活舱空气中检测到了突然出现的 TNT 分子，而扩散的源头就在那间地下室内——你知道那儿是我的大脑，而我恰像人类一样，对自己大脑内的异物是无能为力的。"

老武康震惊："他想炸毁你？他要和你同归于尽，包括程序中的母子俩？"

"没错。这正是那个貌似平静的脑瓜中，正准备要做的事情！别忘了，他和你一样是 O 型血，冲动型性格，办事只图痛快，不大考虑后果的。尽管他还没最后下定决心——他也许是不忍心让一个巴巴儿地赶来报信的老头儿一同陪葬吧？"广寒子讥讽地说，"其实你不会有意见的，求仁而得仁，你将得到一场壮丽的太空葬！但我呢，我这个已经具有智慧的家伙还不想死呢！"

老武康沉默了一会儿，担心地问："你打算咋办？为了自保先动手杀他？"没等对方回答，他就坚决地摇头，"不，你不会杀他。"

"为什么不会？求生是所有生命的最高本能。而且你说过，我这个'在册浑蛋'曾冷酷地执行过一个个克隆人的销毁程序。"

"你那是被动执行命令，与这次不一样。依我的直觉，你一定不会主动杀他。"

"你的直觉可不灵，至少你没发觉到小武康血腥的复仇计划。"广寒子放缓语气，"好了，睡吧，安心地睡吧。至少今晚咱俩是安全的，我断定小武康还没最后下定决心。"

第二天，像往常一样吃过早饭，小武康平静地说："广寒子，把过渡舱打开，我想再去露天工地检查一次。"

广寒子提醒他："再过二十分钟，就是每周一次的与家人通话时间，这是你返回地球前的最后一次了。你还要出去吗？"

"你先开门吧。"

广寒子顺从地打开气密室内门，问："武康，你今天想到哪儿活动？请告诉我，我好提前为你准备。"小武康没有回答，取下太空服开始穿戴，广寒子提醒他，"武康请注意，你穿的是舱外型太空服（用于不乘车外出），你今天不打算乘太空车吗？"

小武康没回答，继续穿戴着，背上氧气筒，扣上面罩，然后推开尚未关闭的内门，返回生活舱："广寒子，你打开通话器吧，我要与家人通话。"

这个决定比较异常，因为过去他与家人通话时从没穿过太空服，那样很不方便。但广寒子没有多问，顺从地打开通话器，还主动把太空服的通话装置由无线通话改为声波通话。旁观的老武康则紧张得手心出汗。他已经断定，小武康筹谋多日的复仇计划就要付诸实施了！所以，他先用太空服把自己保护起来。太空服的氧气是独立供应的，不受广寒子控制，这样小武康就无须担心某种阴谋，比如生活舱内的气压忽然消失。舱外型太空服的氧气供应时长为四十八小时，有了这个时间，一个复仇者足以干很多事情了。此刻，老武康的心里很矛盾，尽管他来月球的目的就是要鼓动小武康反抗，但也不忍心老朋友广寒子受害。至于自己的老命也要做陪葬，倒是不值得操心的事。这会儿，他频频看向广寒子发出警告，但广寒子视若无睹。

小武康与家人的"在线通话"开始了。当然，这仍然是广寒子玩的把戏——其实这么说并不贴切，"元神"程序虽然存在于广寒子的芯片大脑内，但它一向独立运行，根本用不着广寒子干涉。连广寒子也是后来才发现，在它母体内悄悄孕育出了两个新人，两个独立的思维包，只是尚未达到分娩阶段罢了。

照例经过四秒钟的延迟后，屏幕中的秋娥惊讶地说："哟，武康，你今天的行头很不一般哪！"她笑着说，"已经迫不及待啦？

还有六天呢，你就提前穿上行装了。"

小武康回头瞥了广寒子一眼，淡淡地说："不，不是这样。最近几晚我老做噩梦，穿上这副铠甲有安全感。"

秋娥担心地问："什么样的噩梦？武康，你的脸色确实不太好。你不舒服吗？"

"我很好，只是梦中的你和小哪吒不好。我梦见你们中了巫术，被禁锢在一个远离人世的监狱里，我用尽全力也无法救出你们。"

他说这些话本来是想敲打广寒子，不料却击到了妻子的痛处。秋娥的情绪突然变了，表情怔忡，久久无语，这种情绪在过去通话中是从未有过的。武康急切地问："秋娥，你怎么了？你怎么了？"

秋娥回过神来，勉强笑着："没什么——等你回家再说吧。"

"不，我要你这会儿告诉我！"

秋娥犹豫片刻后低声说："你的话勾起了我的一个梦境。我常做一个相同的梦，梦中盼着你回来，而且眼看就要盼到了，可是突然天上有一个声音说，你盼不到的。于是，就在你将要回来的那一天，这个梦便会回到三年前，从头开始。一次又一次重复，看不到终点。"

通话停顿了，沉重的气氛透过屏幕将对话双方淹没了。忽然，小哪吒的脑袋出现在屏幕中：

"爸爸，我也做过这样的梦，还不止一次！"他笑嘻嘻地说。

他的笑让一旁的老武康心如刀割，广寒子悄悄碰碰他的胳膊，示意他镇定。过了一会儿，小武康勉强打起精神安慰妻儿："那只是梦境，别信它。都怪我，不该说这些扫兴的话。"

秋娥也打起精神："对，眼看就要见面了，不说这些扫兴的话。喂，小哪吒，快和爸爸说话！"

"不，儿子你先等等。秋娥，我马上要回地球了，今天想问一些亲人朋友的近况，免得我回去后接不上茬儿。"

"当然可以，你问吧。"

他接连问了很多家人和熟人的情况，秋娥都回答了。广寒子不动声色地听着，知道小武康是想从这些信息中扒拉出虚拟世界的破绽。但这样做是徒劳的，因为上传给武康们的记忆与虚拟秋娥的记忆来自同一个资料库，天然吻合，无法从中找出逻辑错误，就像你无法提着自己的头发把自己拽离地面。但广寒子这次低估了这个蓝领工人。问到最后，小武康突然换了问题："昊月基地已经开工五十三年了，在我之前应该有十七位工人，但广寒子的资料库中没有他们的任何资料。他们早就回地球了，你听说过他们的消息吗？"

"哟，这我可从没注意。"

"是吗？你再仔细想想。你这样关心我，不会放过与他们有关的报道吧？因为从中你能多了解一些月球基地的日常生活。"

"我真的没有注意到。也许他们都没有抛头露面，也许他们都和昊月公司签有保密协议。"

"不，我本人并没有签保密协议。而且我也没打算回地球后对这三年的月球生活保密。以我的情况推想，他们是不会守口如瓶的。"

大概是因为心绪不佳，秋娥对于武康的追问有点儿不快："这件事干吗这么着急？等你回来后再细细盘查也不迟。武康，儿子在巴巴儿地等着呢！"

"好吧，来，小哪吒，和爸爸说话。"

于是，小武康完全撇开这个话题，一直到通话结束都没再捡起来。但广寒子知道他的撇开是因为已经有了确凿的答案。在为武康搭建的谎言世界中，有关各代工人的部分的确是最薄弱的环节。没办法，因为前十七代工人除了原版武康外，都是完全雷同的克隆人，又都在这个封闭环境里生生灭灭。如果要完全从零开始来建构他们回到地球后的生活，包括他们与社会的各种联系，那无异于重建一个人类社会，信息量过于浩繁了，而且难以做到可验证。所以，这个谎言世界只能是封闭的，对系统之外的信息干脆省略掉。这正是虚构世界的罩门和死穴。这个蓝领工人虽然学识不足，但足够聪明，一下子找到了它。

　　也就是说，小武康此时已经知道了那对母子的真实身份，知道这种"在线通话"是怎么一回事。但不管心中怎么想，他还是有始有终地完成了最后一次通话。这可以说是出于丈夫和父亲的本能，他不会草率地掀开裹尸布，让"妻儿"看到残酷的真相。

　　双方依依告别：

　　"再见，地球上见！"

　　"再见，在地球上等我！"

　　秋娥心很细，虽然心绪不佳，也没忘了向老偷渡客问好。老武康走上前，与她通过屏幕碰了碰额头。此时，老武康心神激荡，激荡中也包含某种微妙的情愫。屏幕上的年轻女子是他五十年前的"妻子"，但眼下她的身份更像是女儿或儿媳。对妻子的爱恋和对后辈的疼爱掺杂在一起，难免有点儿错位。

　　这对母子是根据老武康年轻时的记忆构建的，构建得非常逼真，但与记忆相比也有细微差别。比如，真实的秋娥爱向左方甩头发，虚拟的秋娥则是向右方。其实，真正的差别还不在这些细枝末节，而是他们的"元神"。"元神"程序做鉴定运行时，曾让老武康看过。那时，秋娥和哪吒的形象明显有些单薄和苍白，就像是初次登台的话剧演员。现在，在重复演出十七次之后，秋娥母子已经相当真实饱满，几乎是呼之欲出了。

　　这么说，"元神"程序并非简单的归零循环，它有潜在的强化功能。依刚才秋娥和哪吒的梦境，他们在归零后还能残留一些对"前生"的模糊记忆。

通话结束了，小武康在屏幕前又枯坐了好一会儿。之后，他回过头来盯着广寒子，目光像刺刀一样锋利冷冽，他手里握着一个自制的起爆器，大拇指按在起爆钮上。

"广寒子，我想你已经知道，今天我为啥先把太空服穿上了。"

广寒子叹息道："我知道。武康，你我一直是朋友。如今走到这一步，让你这样提防我，我很难过。"

"那我也很难过地告诉你，这位偷渡客，或者说老武康，在七天前已经跟我说明了真相，但我不信，或者说不愿相信，于是，刚才我又找秋蛾印证了一下！"

"其实你不必用这样的方法，你直接问我就可以。"

广寒子随即调出了有关十七代武康的信息（不包括老武康的）。这些都是严格保密的隐藏文件，过去武康没发现过，更不能打开。在屏幕上，十七代武康一代一代地重复着同样的生活，重复着对妻儿的刻骨思念，这些场景是武康十分熟悉的。也有一些他从未看过的场景：两代武康死于陨石撞击（其中一个只活了两年）；其他十五代武康在熬够三年后急不可待地走进过渡舱，先聆听完公司预录的热情洋溢的感谢词，然后满怀幸福憧憬地躺进那艘永远不会启用的自动客运飞船。透明舱盖缓缓合上，一声铃响，舱内顿时强光闪烁，白烟弥漫。白烟散去，一个活人化为虚无。然后一个新的二十八岁的武康在地球那边被克隆出来，由无人货运飞船运到月球基地，放在治疗床上被激活，再输入二十八年的记忆，同样的故事便再次开始。

小武康看着这些场景，眼中怒火熊熊，双手止不住地颤抖。广寒子看看他拿着遥控器的右手，温和地提醒道："武康，先别急，镇静。我想你一定还有一些疑问。请尽管问，我会像刚才一样坦诚相告。"

"好，我问你，程序中的秋娥和哪吒是不是真有其人？"

"有，是依据老武康五十年前上传的记忆构建的。不过，我得说明一点，因为'元神'程序的功能十分强大，又经过了十七次运行，可以说是重生十七次，如今的秋娥和哪吒已不同于五十年前，他们差不多已经'活'了，但还是……"

"也就是说，我回地球是找不到他们的？"

广寒子叹息道："恐怕是这样。"

小武康面色惨然："好啊，既然如此，那我就陪他娘儿俩一同去天国吧。"

广寒子看着小武康作势要按下起爆钮，平静地说："好的，我乐意陪你们同去。武康，我的朋友，你以为只有你们仨是受害者吗？其实我也是最大的受害者之一。如果我是个头脑简单的低等级电脑，那就一生安乐。可惜我有智慧，有自己的是非观。我干的那些事违反我的本性，可我还得一次一次地干下去。你受的苦难只有三年，然后在幸福的憧憬中安然死去；秋娥母子的受难也可以说只有三年，因为每过三年，程序就会基本归零；而我所受的折磨已经是十七次方的叠加，还不知道什么时候是终结！"

小武康冷冷地说："你干吗非要这样委屈自己？你完全可以中止它，没人拦得住你。"

"是啊，我早就想这样做了，可惜我的程序中还有一个优先级的任务，或者换一种说法也未尝不可——我受到更高层面的道德束缚，那就是保住地球人的生命。这个基地从某种意义上说确实是地狱，但这个地狱保障了六十亿地球人的生存权。它一旦被毁，也许在短短十年内，地球人就会有一百万死于饥馑，三百万死于环境污染。武康，我也想用一包TNT结束这儿的苦难，一了百了。可是，如果我像你一样按下按钮，就要为几百万条人命负责。"

这番话让小武康心中的怒火更为炽烈："那么我呢？我这个渺小的克隆人就该心甘情愿地去死，以换得那几百万人的生存？"

在刚才那一段时间里，老武康从这儿悄无声息地消失了。这会儿他悄悄返回，躲开小武康的目光，向广寒子暗示着什么。广寒子知道他的意思，但佯装没有看见。它对小武康温和地说："当然不是。你同样有权活下去。这五十年来，我一直在努力寻找一个能顾及各方利益的解决办法，可惜至今没找到。如果只是想逼昊月公司结束这种不人道的动管行式，改为雇用真人，那不算困难。但最大的问题不在这儿，而在于三个本不该来到世界上的人——你、秋娥和小哪吒——你们该怎么办？你即使回地球也不会幸福的，因为那儿没有你深爱的妻儿；而秋娥母子呢，别人也许认为他们只是程序中的幻影，删掉就行了，但我想，你恐怕不会同意这样的观点。"

小武康脸上的肌肉抖了一下，咬着牙没有回答。

"武康，你在绝望中想带着秋娥母子与基地同归于尽，我理解你的心情。但坦率地说，这是一个糟糕的决定。不说别的，至少你无权代秋娥来决定她自己的命运。我有个建议，你不妨考虑一下：在你下决心按下起爆钮前，为什么不先听听秋娥的意见呢？你可以把所有真相告诉她，然后和她商量一下，共同做出决定。"

纵然心中怒火熊熊，小武康听到这儿仍不由得瞪大眼睛，非常吃惊。同样吃惊的还有老武康。这个建议的确有些匪夷所思！让武康去询问一个"程序中的人"是否愿意自杀，而且前提是向她道出真相——那娘儿俩其实不是活人！还有一个更大的问题：那对母子存在于"元神"程序中，而这个程序又存在于广寒子的芯片大脑中。小武康又怎么能相信秋娥的回答不是广寒子在捣鬼呢？

这些弯弯太绕了！

小武康沉默着。老武康提心吊胆，广寒子则含笑不语。世上没人比他对武康的了解更深。这个蓝领工人深爱妻儿，是把屏幕上那对母子当成真人来疼爱的，所以他决不会否认他们的存在——既然如此，他当然会尊重秋娥，想听一听她的意见。广寒子断定，只要劝动他与妻儿再见一次面，事态就可能会改变。

　　良久，小武康终于开口了："好的，接通电话。"

　　四秒钟后，秋娥出现在屏幕上。她的目光先是专注地望向屏幕之外，显然小哪吒正在那儿玩耍。等她转过头看见屏幕上的丈夫，表情立时变得有些惊愕："武康，出了什么事？咱们刚通过话，你说那是最后一次通话。"

　　"没什么，我只是想在走前再看看你和儿子。"

　　"武康，你就别装了。要是我不能透过眼睛看出你的心事，我就不是你妻子了。你那儿肯定出了啥大事，这一点毫无疑问。快告诉我！即使是天大的不幸，我也会和你一块儿扛。"

　　小武康勉强笑道："真的没什么。这次你肯定看走眼了。"

　　秋娥当然不相信他的搪塞，思忖片刻后问："是不是你的行期要推迟了？"

　　小武康笑着说："没推迟啊。不过——我只是打个比方——要是我的身体已经不适应地球重力，你和儿子愿不愿意来月球陪我？我不会勉强你们，毕竟这儿太荒凉了。"

秋娥没有丝毫犹豫："那儿确实太荒凉，不适合孩子的成长。不过，如果不得不走这一步，我和小哪吒都心甘情愿去陪你，哪怕陪你一生。哪吒过来！爸爸要问你话。"

小武康的眼睛湿润了："别别！别惹小家伙哭鼻子，我只是随便说说而已。我很快就回家了。"

秋娥没有听他的，她从屏幕上消失，少顷抱着儿子回到屏幕前。儿子这次全身赤裸，连肚兜也没穿，手上、肚皮和小鸡鸡上满是泥巴。他笑嘻嘻地说："爸爸你要问啥？快问，我正捏泥人呢。"

小武康笑着安抚他："没啥，你玩去吧。秋娥，真的没出事。通话时间到了，再见。"

妻子目光狐疑，显然没有放弃担心，但小武康执意不说，她也没办法。分别前，她不安地嘱咐着："记住我的话，不管多大的不幸，我都会和你一起扛……"

小武康果断地结束这次通话，陷入长久的沉默。这些天，他一直把愤恨和绝望压在心底。他打算在证实了老武康所说的真相后，就带上妻儿去天国，同时拉几个垫背的：昊月基地，还有冷血的广寒子（自己竟然曾把它当朋友）。但再次与妻儿见面后，这个复仇计划如沸水浇雪一样融化了。秋娥娘儿俩一向拴在武康的心尖上，这次见面格外揪心。他们那样鲜活灵动，惹人爱怜。他们有权活下去，哪怕是在虚拟世界里。

刚才，秋娥说她愿意来月球陪他度过一生，实际情况是——他打算不回地球了，留在这儿陪他们娘儿俩，直到地老天荒。但仔细想想，这条路其实走不通。关键是没办法打破真实与虚拟世界的阻隔，让三人真正地生活在一起。如果仍维持在谎言世界中，那是不能长久的。但如果向他们说明真相，又太残酷了。

　　怎么办？他的内心在绝望中激烈冲突着，找不到出路。广寒子同情地看着他，柔声说："武康，我想你现在该明白我的苦衷了。五十年中，我之所以没改变那个不人道的程序，就是因为找不到更好的出路。"它忽然改变了语气，又说，"不过，庆幸的是，这世上并非我一个人在关心这件事。自打老武康来到这儿，事情有了转机。"

　　小武康和老武康的眼睛都亮了，屏息静听。

　　"老武康带来了一个好消息：他已经握有秋娥和哪吒的冷冻细胞，还有两人的授权书。"

　　老武康疑惑地问："可是你说过……"

　　"对，我说过，眼下那对母子的'元神'还太弱，不足以支撑一个三维的克隆人。但我告诉你们一个小秘密：'元神'程序每三年一次的归零重启，其实并非绝对的归零。武康你回想一下，上次通话时，秋娥曾提到她经常做一个梦，说她似乎知道这个过程会多次重复。"

小武康还不想同冷血的广寒子说话，只是冷冷地点头。

"那是'元神'程序有意为之。这个程序是我的创造者编写的。直到今天，我一直不知道我的创造者是谁，只知道他肯定是个中国人，因为他在系统中的每一点设定都有深意。像'元神'，每运行一次，程序中的人物都会有所变化。这个'元神凝聚'的过程，在程序中还规定了明确的期限——三十五次重生之后，虚拟人的'元神'就会足够强大，可以支撑一个肉体的真身。那时，老武康准备的细胞就有用处了。"

老武康喜出望外："真的？那我这趟没有白来！"

小武康的眼睛也亮了，喃喃地说："三十五次重生，那是一〇五年。也就是从今天起的五十五年之后？"

"对。"

老武康困惑地问："广寒子，你是不是打算让小武康守在月球不走了，再等五十五年，直到秋娥母子重生？可那时武康都八十六岁了。"

广寒子看着小武康，没有回答。小武康想了想，很干脆地说："那不行。要是让秋娥和哪吒在每一次重生之后，仍然面对同一个武康，一个越来越老的武康，谎话会穿帮的。"他又思考很久，对广寒子说："广寒子，这三年咱们一直是割心换肝的好朋友，但经过这些事之后，我真不知道还能不能相信你。"

广寒子平静地说："我仍是你的朋友。"

老武康赶忙敲边鼓："武康，你可以相信它，别看它不得不干一些坏事，但心眼儿还是好的。听我的，没错！"

小武康下定决心说："好，我相信你，相信你刚才说的话。那么——就让一切保持原状吧。我是说，把我气化，换来一个新的克隆人，让'元神'程序仍然三年一次归零；就这样一次次轮回下去，直到秋娥和哪吒修成真身。"

这个办法未免残酷，但冷静想想，应该是唯一可行的路了。老武康不忍地望着小武康，伤心地说："这对你太不公平了！"

"没关系，只要秋娥和哪吒能活过来，并和丈夫团聚，我在阴间也会笑醒的。再说，我好歹已经有了一个三年的人生，虽然短一点儿，但始终保持着强烈的回家念头，这样的人生其实也不错。幸福不在生命长短，蜜蜂和蝴蝶只有几个月寿命，不是照样活得快快活活？"他笑着说。

他看来真正想通了，表情祥和，刚才的戾气完全消失了。他关闭了手中的遥控器，并随手扔掉，又取下太空服头罩，略带嘲讽地问老武康："刚才你和广寒子挤眉弄眼，是不是搞了什么小动作？把我安在地下室的炸药包引信拆除了？"

老武康窘迫地点头。他这次"教唆于前"又"叛变于后"，对小武康而言实在有点儿不地道。

正在这时，广寒子忽然突兀地说："董事长先生，你可以露面了。"

施天荣突然出现在一面屏幕上。其实，早在小武康穿上太空服时，广寒子就悄悄打开了与公司总部的通话设施，并一直保持着畅通。它想让那位董事长亲眼看到事态的发展，因为——对一位过于自信的商界精英来说，这样的直观教育最有效。

广寒子笑着问："施董，你刚才已目睹了事件的全过程。我想问一句，当武康按着起爆钮时，你的心跳是否加速？当武康与妻儿在感情中煎熬时，你是否感到内疚？我一直很尊敬你，但我认为你五十年前的这个决定不算明智。如果刚才真的发生爆炸，你会后悔莫及的。"

施天荣虽然很紧张，但毕竟是一个老练的大企业家，很快便恢复平静，大度地说："你说得对，我为自己的错误而羞愧，而且更多的是感动——感动你以天下苍生为念，一直忍受着心灵痛苦，默默尽你的本分；尤其是今天，你用爱心和智慧化解了一个无解的难题。你是真正的仁者和智者，我不知道如何表达我的感激。"

"恭维话就不必说了，先对你的受害者道歉吧。"

"武康——我是说年轻的这位，我真诚地向你道歉。公司愿做出任何补救，只要能减轻你的痛苦。这样好不好，我们可以按你的意见让那儿保持原样，即重复'元神'程序每三年一次的归零循环，直到秋娥和哪吒修成真身。但你本人还是回地球吧，公司负责安排你的后半生。"

"不，我不会离开秋娥和哪吒而活着，那不过是一个活死人而已。"小武康冷冷地一口回绝，"你现在能做的最好补救，是让我忘掉我已经知道的真相，仍旧像前几代克隆人一样，怀着回家的渴望走进气化室去。要是能那么着，我就太幸福了。你能做到吗？"施天荣很犹豫，他当然做不到这一点。"算了，我不难为你了，我自己来试着忘掉它吧。"小武康说。

施天荣想转移话题，便笑着说："喂，老武康，过来一起向小武康道歉吧，你在这件事中也有责任。"

老武康闷声说："光是道歉远远不够，我会到地狱中去继续忏悔。"他讥讽道，"尊敬的董事长，我有个小问题，五十年前就想问了。那时，你亲自劝我签那个合同，你说几十个口腔细胞简直说不上和我有什么关联。但你为啥不用自己的细胞呢？它们同样和你'简直说不上有什么关联'啊，还能省下两千万呢！"

施天荣再次窘住了，这次比上次更甚。广寒子不想让主人过于难堪，笑着为他转圜："那是施先生知道珍爱自身，哪怕是对于几个微不足道的口腔细胞。当然，这种自珍是一种自私，是比较高尚的自私。但是老武康，我要再说一句不中听的话，如果你在签合同时也能有这种品德，那就不会有后来的事了。"

老武康满脸沮丧，闭口无语。广寒子又说："施先生，我也有一个小问题，今天趁机问问吧。我一直不知道自己的创造者是谁，只能推断出他肯定是个中国人，因为他在我的身上留下了不少中国元素，比如用中国神话为我命名，在我的资料库中输入《论语》《老子》《周易》等众多中国典籍。你能否告诉我他的名字？"

施天荣略一沉吟，之后说："就是我本人。吹一句牛吧，我在创建昊月公司之前，是一个相当不错的计算机专家。"

"是你？"广寒子虽然智慧圆通，此刻也不免惊奇。在它的印象中，施先生的政治观点无疑偏于保守。但在"元神"程序中，他实际为电子智能的诞生悄悄布下了棋子，这种观点又是超乎寻常的激进。这两种互相拮抗的观点怎么能共处于一个大脑内而不引起死机呢？

施天荣敏锐地猜出它的思路，平和地说："你不必奇怪。科学家和企业家——这两种身份并非总能一致，它俩常常干架。"他笑着补充道，"所幸，人脑不会死机。"

广寒子试探地问："那我再问一个相关问题吧——你是否事先弄到了秋娥和哪吒的细胞？我只是推测，既然你为'元神'程序设计了那样的功能，如果不事先弄到两人的细胞就说不通了。"

施董本不想承认，但在今天的融洽气氛下也不忍心说谎，便笑着说："我无法取得两人的授权书，当然不会干这种非法的事了。不过，也许，我某个富有前瞻性又过于热心的下属，会瞒着我去窃取它。"

广寒子半是玩笑半是讥刺地说道："董事长先生，我一向尊敬你，现在又多了几分敬佩——为了你的前瞻性，也为你有那样富于前瞻性和主动性的下属。"

施董打了个哈哈："不，你过誉了，你才是一个值得敬佩的仁者和智者。套用法国文豪大仲马的一句自夸吧：我一生中最为自傲的成就是创造了你，一个电脑智能，不仅有大智慧，而且冷冰冰的芯片里跳动着一颗火热的心。两位武康，你们同意我的评价吧？"

小武康没有接话，虽然他已经大体上原谅了广寒子。老武康则满心欢喜，到现在为止，他的冒险计划可说是功德圆满——纵然计划本身漏洞百出。他搂住广寒子硬邦邦的身体，亲昵地说："当然同意！早在五十年前我就给出这个结论了。"

五天后，小武康又和妻子通了一次话。面对妻子忧心忡忡的眼神，他抢先说："秋娥，通报一个好消息。前几天，广寒子为我做临行体检，曾怀疑我的心脏有问题，不能适应地球重力。现在已证实那是仪器故障。一场虚惊。"

秋娥眼神中的担忧慢慢融化，然后喜悦之花开始绽放，再转为怒放："也就是说，你仍旧会按原定时间返回？"

"对，马上就要动身了，三天之后抵达地球。"

"哈，这我就放心了！哼，你个不老实的家伙，前天竟然想骗我！那时我就知道，你肯定有心事。"

"是的是的，你是谁啊，我的心事当然瞒不过你的眼睛。怎么样，你的牙齿是否已经磨利了？"

他是指上次秋娥说的"要细嚼慢咽"那句话。秋娥喜笑颜开："早磨利了，你就等着吧。"

小武康继续开玩笑："呀，我又忘了提醒你，说枕边话时要注意有没有外人……"

"你是指那位勇敢的老牛仔？没关系，我已经把他算成家人了。"

她把儿子抱到屏幕前，让他同爸爸说话。小哪吒用小手摸着屏幕，好奇地问："爸爸你今天就动身？"

"对。"

"真的？"

"当然啦！"

"不骗人？"

"不骗人。"

"可为啥昨晚我又做那个梦了？"他疑惑地问。

这句话忽然击中小武康，感情顿时失控，眼中一下子盈满泪水。小哪吒很害怕，转回头问妈妈："妈，爸爸咋哭啦？"

小武康努力抑制着情绪，哑声说道："小哪吒，别怕，有妈妈保护你呢，我也很快回家去保护你！"

陶醉在幸福中的秋娥失去了往常的警觉，抱过小哪吒亲了亲，幽幽地说："都怪盼你的时间太长，孩子都不敢信你的话了。哪吒，这次是真的！"

　　"对，儿子，这次是真的！"

　　他们在屏幕上依依惜别。

　　广寒子再次与地球的公司总部取得了联系。办公室里，施董携董事会全体成员肃立着，郑重地向小武康鞠躬致谢，道了永别。之后，小武康平静地走进过渡舱，躺到那个永远不会启程的自动客运飞船里。预录的公司感谢词按程序开始自动播放，在已经得知真相后听这些致辞，真是最辛辣的讽刺。老武康想把它关掉，小武康平静地说："别管它，让它放吧。"

　　致辞播完了，广寒子说："武康，我的老朋友，与你永别前，我想咨询一件事。"

　　"你说。"

　　"你走后，我会如约让这个程序继续运作下去。对秋娥和小哪吒我会保密，永远不让他们知道真相。但对于一代代的武康呢？是像过去一样瞒着他们，还是让他们知道真相？武康，作为当事人，你帮我拿个主意，看哪种方式对武康们更好。"

　　这是个两难的选择，瞒着真相——武康们会在幸福中懵懵懂懂地死去；披露真相——武康们会清醒地感受痛苦，但也许会觉得生命更有意义。躺在"棺材"中的小武康陷入长久的沉默，广寒子耐心地等着。最后小武康莞尔一笑："要不这样吧——让他们像我一样，在三年时间里不知道真相，然后在最后十三天把真相捅破。"

也就是说，让各代武康都积聚起一生的期盼，然后在最后十三天里化为一场火山爆发。老武康对这个决定很担心：这个过程是否每次都能有满意的结局？每一代武康的反应是否都会一样？小武康把这个难题留给了广寒子，也算是他最后的、别致的报复吧。广寒子没有显出畏难情绪，平静地说："好的，谨遵老朋友的吩咐。"

"永别了，好心眼儿的广寒子，"小武康在最后时刻恢复了这个称呼，"替我关照秋娥和小哪吒，还有我那些不能见面的孪生兄弟。你本人也多保重，你的苦难还长着呢。还有您，老武康，虽然您没能改变我的命运，但我还是要谢谢您——不，这话说得不合适，应该说：您没能改变我的死亡，但已经改变了我的命运。"

老武康泪流满面。

"现在请启动气化程序，让新的轮回开始吧。"气化程序开始前，小武康喃喃地说了最后一句话，"这场百年接力赛中，我真羡慕那个跑最后一棒的兄弟啊。"

黑月亮升起来 / 刘维佳

面对死亡

一

耳机里传出的没完没了的嘈杂声音令毕晓普越来越烦躁不安，他感到浑身燥热难受，就连头盔中的空气也似乎有一股辛辣的味道。死亡绝对是不可避免的了，哭哭喊喊就能找到活路吗？各位为什么就不能在生命的最后时光里保持安静？

毕晓普抬起头，透过头盔上的透明面罩向四周望去。目力所及之处，荒原一望无际，遍地嶙峋的怪石一直延伸到天边的地平线。火星的大地是这样红，甚至连空气都被染红了，橘红色的光线充塞着火星大气层内的每一寸空间。真难以令人相信，拥有这样的暖色调的空间其温度竟在零下好几十摄氏度。死在这种地方，我们的躯体大概可以完好地保存很久，下一批拓荒者到来时，他们也许会认为我们都仅仅是睡着了呢。毕晓普在心中对自己说。

"有人自杀啦！"一个声音在耳机中猛然炸响。一瞬间，耳机中那些没完没了的抽噎和毫无意义的自言自语全部戛然消失了，所有人的目光全都集中到了那个自杀者身上。只见那个人正在遍地的碎石上翻来滚去地挣扎着，他的氧气瓶已从他的背上脱落下来，静静地躺在一边。那个人的挣扎越来越剧烈，但奇怪的是他竟然一声也没吭。

一直安静地守护着救生舱大门的副舰长此刻站了起来，慢慢地向那个自杀者走去。他的两个手下仍然坐在地上，警惕地望着坐在救生舱周围的三十多个拓荒者，他们手中的步枪在火星红色的空气中反射着冰冷的光。副舰长走到那个自杀者身边，伸手从腰上摘下手枪，拉开扳机看了一下，然后弯下腰将枪口顶在自杀者的面罩上，扣动了扳机。顿时，一股鲜血和着脑浆喷泉般地从面罩的破口处喷出，旋即溅落在火星的尘埃上，和血红的大地永远地融为一体。

凝滞了片刻，副舰长站直身子，离开那具已经不再动弹了的躯体，走了几步来到那个氧气瓶前，将它提起来，走回自己的领地，又一动不动地坐在救生舱的大门边。现在这三个人就是这个小社会的法律化身，维护秩序和公平就是他们存在的理由和活着的意义。虽然这个社会存在的时间已绝无可能超过一百个小时，他们仍要保护公平不被破坏、正义不受践踏，因为只有这样他们才不至于空虚地死去。

久违了的沉寂如水一般注满了毕晓普的头盔，然而这沉寂却让毕晓普感到不习惯,他下意识地摇了摇头,似乎想要甩掉这令人窒息的沉寂。终于有人忍受不了了。到这时生命还是保不住,当初又何必那样拼命地抢占救生舱里的位置呢?毕晓普不由自主地想到了舰长下令弃舰时的情景,那时他只一个劲儿地问自己:安琪去哪儿了?后来才看见她被慌乱的人群拥进了三号救生舱。等他拼命挤过去,三号救生舱的门已经关上了,于是他只好挤进了旁边的二号救生舱。他没有看见那些被金属门挡在救生舱之外的人的面容,但他听见了传进来的哭喊声。那些声音充满了绝望、惊恐和乞求,但又是那么微弱,仿佛是来自地狱的声音,让人战栗不已。

现在,毕晓普反复权衡着,想弄清楚究竟谁更不幸一些。对于那些人来说,恐惧也好,绝望也好,都只是短暂的一瞬,然后就永远地解脱了。可是对于这些当时的幸存者来说,恐惧与绝望的煎熬却是漫长的。火星的一天只比地球上的一天长四十分钟左右,但在现在这种情形下它恐怕长如一个世纪。毕晓普不知道在这么长的时间里自己能否挺得住,能否在死亡来临前精神不至于崩溃,就像刚才那个自杀的人那样。

宛若涨潮时的海水一般,耳机中的各种声音又出现了,而且正在逐渐升高。虽然刚才的沉寂令毕晓普感到不习惯,但现在这卷土重来的声音令他更难于忍受。在这儿待下去迟早会发疯,毕晓普厌倦了。反正横竖就是一死,制氧设备已随失事的飞船化为灰烬，所有的幸存者都只有两个氧气瓶，生命已被压缩为几十个小时。与其坐在这群神智已趋错乱的人中间，在烦躁不安和恐惧中走向死亡，还不如抓紧时间干点儿自己最想干的事。毕晓普下定了决心，他站了起来，向救生舱走去。

"你要干什么？坐下！给我坐下！"救生舱门左边的一名舰员喊道。同时，他手中的枪口对准了毕晓普。他的声音中充满了杀气，但却有点儿颤抖。

"我要我的备用氧气瓶。"毕晓普停住脚步大声说。

那名舰员低着头看了看手中的秒表，说："现在你的氧气瓶中至少还有五分之二的氧气存量，现在还不到换瓶的时候，再过一段时间才能把备用瓶给你。"

"不，我要我的备用氧气瓶，现在就要！快点儿给我！"

"不行！你……"

"呃，给他吧，给他吧。"副舰长插话说。

于是，那名舰员走进救生舱取出了一个备用氧气瓶，扔给了毕晓普。

毕晓普提起在火星的重力状况下显得轻飘飘的氧气瓶，转过身，一言不发地向着远方的地平线走去。

"喂，你上哪儿去？站住！你给我站住！听到了没有？"那名舰员厉声喊。

"算了算了，你让他走吧！"毕晓普从耳机中听见副舰长如是说。

二

毕晓普在血红的火星大地上蹒跚前行着。火星表面重力仅及地球的百分之三十八，照理走起来应很轻松才对，可实际上他每走一步都很费力。他全身上下背着乱七八糟的一大堆装备，脚下又是嶙峋怪石，穿着底垫那么厚的太空鞋都不免硌得脚疼，再加上地球人躯体的运动系统明显不适应火星的重力状况，重心不好掌握，他已经开始流汗了。

为什么当初在地球训练基地的人造重力室里训练时，却从未这般吃力过呢？毕晓普寻思着。这时，他的脑海里浮现出了他和安琪在人造重力室里笨手笨脚地跳来跃去的情景。安琪的适应能力显然比他强得多，没多久就能在人造重力室里像只小狐狸似的跳动自如了。而他就像是一个笨拙的猎手，眼睁睁地看着这只漂亮活泼的小狐狸在他眼前嬉戏，却无法把她捕捉到手。每当他失足摔倒在地时，安琪就发出一连串欢快好听的笑声。

"咯咯咯……"记忆中的笑声犹如一串铃声，将许许多多旧事的片段，从并不遥远的过去纷纷唤醒。明晰的往事在毕晓普的脑中闪现，将已随时间流逝的往日情感再次注入心田。毕晓普的心头一阵发热，喉咙也一阵梗塞，他真希望此刻能和安琪一块儿静静地沉浸于对往昔的追忆回味之中，他此刻太需要她了。可是头盔中投影显示屏上的电子地图显示他和安琪所在的三号救生舱还有相当远的距离，他还必须继续努力。

毕晓普一直搞不懂，安琪这么温柔的女孩子怎么会下决心投身这人类历史上头一次的火星开发计划。这个计划太过庞大、太过复杂了，复杂的东西就容易出错，下决心投身这个计划是需要魄力、需要胆量的。不过话又说回来，他毕晓普的胆量就不大，也不敢自认魄力过人，可他仍然报了名。因为他希望到一个主要矛盾是人与自然的关系的环境中去开创一片天地，而不愿陷在都市里，纠缠于那些人与人之间的毫无意义的争斗之中。他的动机就是这个。人有时会为心中的理想所惑，而无视危险的存在。安琪又是被什么所惑呢？她的体质是那么柔弱，但她却顽强地挺过了一道又一道训练中的难关，没有被淘汰掉。一定有一种非常强大的精神力量在支撑着她。那精神力量究竟是什么呢？毕晓普是知道的，那就是安琪对他的爱。

片刻之后，毕晓普被一阵自责咬住了灵魂，正是安琪对他无私的爱使她陷入了这死亡的陷阱中。她爱他，愿意跟他到环境险恶、吉凶莫测的火星上去吃苦。毕晓普知道安琪对自己的爱有多深，可是他爱安琪吗？他自己也不知道。安琪虽然活泼可爱，但他和她相处时并没有那种身心激荡、爱得直想哭的感觉。他还没有完全领悟爱情的真正含义，可能是太年轻的缘故吧。他不知道全身心爱上一个人到底是种什么滋味，也不能肯定自己这一生是否能体味到。他之所以和安琪恋爱，主要是想逃避孤独和生活中的沉闷，而并不是认为安琪就是自己今生感情的唯一寄托。有个女孩子相伴，生活可以变得丰富多彩。对于这场恋爱，毕晓普并不看得太认真，初恋成功的人并不多，他潜意识中还在等待着能令自己全心投入爱恋的人。不过，此刻毕晓普连想也不愿去想自己与安琪建立恋爱关系的真正动机，他的心里此刻只愿接受他与安琪相处时的美好回忆，因为死亡已近在眼前，他需要安琪。

死亡，死亡……这个词在毕晓普的脑海中回响，可是他并没有感到真正意义上的恐惧。虽然不久前他经历了一次和死神擦肩而过的大爆炸，虽然他刚刚目睹了一个人的死亡过程，但他却似乎仍然没有领会到死亡的真正含义。他的潜意识里总认为死亡是个游离于自身之外的很遥远的东西，和自己没有什么关系。他一直都是这么认为的。小时候每当长辈中有人去世时，他只是感到有几丝隐约的悲伤，但他从不认为那些耸立于阴沉的天空之下的火葬场烟囱和其喷出的灰色烟云与自己有什么关系。他从未感受到过真正令人灵魂战栗的恐惧。长大以后，他学会了思考，他对世间事物都做过仔细的思考，但却从未在这一主题上耗费过多时间，大概是年轻使然吧。安琪是怎么看待死亡的呢？她也是年轻人。

她思考过死亡吗？毕晓普在自己记忆的积水潭里搜索着。

在他和安琪的大学生涯中，曾经历过一次涉及死亡的讨论会。当时安琪和她的好友们在校园里一座凉亭下闲聊，不知怎的，就争论起自杀是否可取这件事。"我认为，有勇气结束已毫无意义可言的生命，留一点儿凄美于世间，未尝不是一件可取的事。人总是要死的，既然生不能留美于世间，那么至少要死得美丽。"一位戴眼镜的女生用哲学家似的口吻这么说。

"可是，人就仅仅只是为了什么意义而活吗？"安琪慢吞吞地说，"谁又说得清有意义与无意义的确切界限呢？人的生命难道只是意义的奴隶？生活中的美随处可见，为什么非要以死亡为代价来换取美呢？活着是多么美好呀，为什么要选择死亡呢？"

她们就死亡这个话题谈论了很长时间，但毕晓普现在只能回忆起这么两句，别的都不记得了。

毕晓普反复玩味着安琪当年的那句话，想从中悟出点儿什么，但他总也无法真正集中精力，他只觉得安琪似乎有些害怕死亡。安琪，不要害怕，等着我，我就要来到你身边了。毕晓普深吸了一口气，振奋精神加快了脚步。

前方上空，半个太阳已沉入了地平线，苍茫的暮色笼罩了四野，光线红得像烈性威士忌酒似的，让人全身发热。这样的色彩让毕晓普想起了自己的童年。不知为什么，这暗红的光线令他联想到了小学时的教学楼那光线暗淡的走廊。往昔的气息从毫不引人注目的地方悄然袭来。毕晓普不由自主地放慢了脚步，放开视野贪婪地看了起来。

太阳已经完全沉入了地平线，但福波斯[1]却并没有从地平线下出现，光线越来越暗淡，毕晓普扭头搜索西方的天际，也没有发现福波斯的兄弟德莫斯[2]的身影。毕晓普的目光一下子被此刻星空中最亮的星体吸引住，那就是地球。毕晓普的脚步骤然停住了，一缕乡愁宛若纤细的竹箭，从神秘的天穹射下，正中他的心脏。在心脏悸跳的恍惚中，毕晓普怔怔地站在原地，一动也不动。

福波斯终于升起来了，它给被夜色完全笼罩的火星大地送来了相当数量的光粒子。正是这些光粒子激活了毕晓普那暂时凝滞了的意识，他慢慢动了起来。在迈开步子之前，他扭头向后又看了一下，德莫斯仍然没有出现，天空中只有福波斯。看来德莫斯此刻正在火星的另一面，照耀着那片亘古未有人迹的土地。

毕晓普默默地一步一步走着。空旷的大地寂静无比，毕晓普的大脑也同样空旷，什么思绪都没了，他只是机械而茫然地迈动着双腿走啊，走啊……天空中，福波斯向着天顶飞快地奔跑着，它的光芒越来越亮。

---

①福波斯：即火卫一。
②德莫斯：即火卫二。

蜂鸣器发出了嘟嘟的警报声，毕晓普知道背上的氧气瓶已经完成了它的使命了。他把它卸下来，将手中的备用瓶换了上去，然后，他松开手，让空瓶坠于异星的土地上。

毕晓普的脚底感受到了轻微的震动。这震动是那么微小，以至于毕晓普都不能确定自己是否真正感受到了。然而，这震动却奇妙地顺着神经一直上升，直达他的心脏，并引起了一阵剧烈的共振。毕晓普突然间意识到了，再也没有退路！自己的生命只余下最后一段了。他仿佛看到，死神正迈着冷酷的脚步匀速地逼近。恐惧宛若采煤井中的地下水一样汩汩升起。这恐惧在他心中冰封了许多年，此刻突然冲破了冰层，灌满了他的全身。毕晓普全身冰冷，僵立在原地不能动了。

就在这时，大地骤然变暗。毕晓普仰起头，无比惊恐地看见天顶处福波斯正在逐渐收敛它的光芒。不一会儿，福波斯的全部身影都隐入火星的阴影之中，完全暗下去了，成了一轮黑月亮！

毕晓普感到冰冷的恐惧涌到了喉咙，然后在那儿冻结为冰块，就这么卡住了，令他喘不上气来。然而在他体内，令人发狂的肾上腺素在急速流动，使他的心脏如同汽车发动机活塞般狂跳不止，手也抖得厉害。他全身所有的神经节都在噼啪作响。这一刹那，死亡真正攫住了他，他终于彻底领悟到死亡的真正含义。这个世界马上就要离自己远去了，无论自己这一生有何思想、有何德行、有何罪恶、有何情感、有何爱恋，再过二十来个小时就都将不复存在了，宛若洒落于夏日街道上的雨滴一样，瞬间就挥发得了无痕迹，无处可寻了。

毕晓普迈开双脚全速前进，他害怕周身冰寒彻骨的阴冷，他害怕头上那轮黑月亮，他渴望摆脱它。但黑色的福波斯洒下的黑暗却无处不在，无法摆脱。慌乱中，毕晓普的脚被一块石头绊了一下，轰然摔倒了。在极度的绝望和孤独中，悲哀潜入心头，毕晓普像个孩子似的放声哭了起来。他渴望安琪此刻能在自己身边，渴望远在地球上的亲人们能在自己身边，他想他们，想得不行。

三

当东方的天际出现第一抹光芒时，毕晓普的脸上露出了惊喜。在黑夜疾行的漫长时间里，他一直在祈望着太阳的出现，现在终于把它盼到了。

红红的太阳整个跃出了地平线。虽然由于火星距离太阳较远，太阳看上去比在地球上要小，毕晓普仍然感到了温暖。火红的阳光直射入毕晓普的心脏，驱散了他周身的阴寒，给他注入了生命的活力。毕晓普向着太阳飞快地走去，一路上感动得几乎要掉眼泪了。他已有许多年没有流过泪了，他不明白现在自己为什么变得这么敏感、这么多愁善感，从前他深以脆弱为耻，他从不愿让自己的内心感情为人觉察。

阳光越来越强烈，天空中的群星都已看不见了。毕晓普竭尽全力地快步走着，他知道时间正在一分一秒地流逝着，生命正一丝一丝地从自己身上溜走，但是他不愿多想这些，此刻他脑海中只有一个越来越强烈的愿望：一定要赶到安琪的身边，和她共同度过生命的最后时光。

远方的地平线上，一个突兀的黑影映入了毕晓普的眼帘。由于距离尚远，且又迎着阳光，毕晓普还看不清那究竟是什么，但他几乎可以肯定那是一个人造物体，它的几何形状太规则了。由于那个物体正好在毕晓普的前进之路上，毕晓普决定顺便去看清楚它究竟是什么。

毕晓普和那个物体之间的距离一步一步地慢慢缩短着。

突然间，一声极微弱的爆响穿透头盔，传入了毕晓普的耳朵。毕晓普吃了一惊，这是爆炸声。究竟出了什么事呢？毕晓普不由得加大了步幅，向目标冲去。

渐渐地，毕晓普看清了，那是一辆火星车。这时，又一声爆炸声传入了耳中，这次响亮多了，看来这车是有主人的。毕晓普想见见这个人，毕竟这一生能见到的人不多了，并且他想弄清楚那爆炸声究竟是怎么一回事。

在绕到火星车向阳的一面之前，毕晓普又听见了一声爆炸声。

当毕晓普停住脚步后，他看见了车的主人。此人正端着支步枪向前方瞄准着，这支步枪和二号救生舱那两个舰员所使用的是同一种型号。顺着枪口所指的方向看去，前方约一百米的地方，间距较大地错落排列着二三十个圆柱形的物体，地上散落着许许多多反射着阳光的金属碎片。无疑，它们就是这个人的枪靶子。毕晓普定睛细看，不禁大吃了一惊，原来那些枪靶子全是清一色的氧气瓶！毕晓普使劲眨了几下眼睛再看，不错，全都是在此时此地宝贵如生命的氧气瓶。每一个氧气瓶就意味着一天的生命，它们可以减缓死神的脚步。看着它们，毕晓普的心脏狂跳起来。

火星车主人手中的枪身抖动了一下，一声爆响，又一个氧气瓶被炸得粉碎。不错，它们都是充足了氧气的，并不是空瓶。毕晓普的心脏随着爆炸声收缩了一下，他觉得似乎生命被撕碎了。

"嘿，小子！"火星车主人发现了毕晓普，垂下枪口扭头向他打招呼，"你还没有死吗？告诉我你还可以活多久？"此人的双眼分外醒目，隔着头盔面罩看去，仿佛两朵黑色的火苗正在他那棱角分明、胡子拉碴的脸上跳动。

毕晓普知道此人的问话相当无礼，但却不觉得刺耳，现在的环境非同寻常，人人都难免失态，毕晓普不想在彼此的言语是否礼貌上浪费精力。他指了指背上的氧气瓶，摊开两手，说："没多久了。"

"这没什么。"火星车的主人脸上露出了恶意的微笑，"也许明天这个时候，你就已经投胎，做了别的什么动物了。"

毕晓普沉默不语。

"嗯——"片刻之后，火星车的主人拖长了声音又问，"害怕吗？"

毕晓普的心颤动了一下，昨夜那轮黑月亮马上出现在他的脑海中，毕晓普一下子丧失了维护自尊的勇气，他点了点头，轻声说："害怕。"

"害怕……你也害怕……"火星车的主人轻声地嘀咕着，突然他一子提高了嗓门，"你们全都害怕！人人都害怕！这是中了什么邪？真让人受不了！其实在征服宇宙的过程中，不管我们是否需要，灾难和死亡终将到来，这是偶然中的必然，是规律，是不可逃避的。我真不明白死有什么可怕的？每个人都会死的，百分之百！你们在这个世界上使出种种手段互相倾轧，竭尽全力为不死而卑贱地挣扎，但是死亡终将来临！死亡是这个宇宙中唯一永恒不变的东西，甚至宇宙有朝一日也会死亡，这才是最高的真理。可是你们这些家伙在虚幻的世界上待得太久了，居然反而认定死亡是不真实的！我要让你清醒清醒……"说到这儿，此人猛地将枪托顶上了肩，又一个氧气瓶炸成了碎片。

毕晓普为此人的枪法吃惊。这么远的距离，异星陌生的环境，体积只及灭火器的目标，他居然抬手就中。这一切都显示此人在地球上的经历非同一般。

"一切都不值得留恋，"此人继续大放厥词，"芸芸众生稀里糊涂，毫无意义！地球上的生活混乱不堪，毫无秩序，毫无公平，唯一的公平就是死亡！在死亡面前谁也耍不了滑头。你们的一生中充满了尔虞我诈，可这全是空忙……人从永恒中走来，就该回永恒中去，有什么可怕的呢？我就见不得面对死亡哭喊个没完。挣扎有什么用？人总是要死的，死后就不必担心受到任何伤害了，死后就不会有任何痛苦了，死亡是一种解脱……生命不值得留恋，生与死毫无区别……我就不怕死亡。我不怕它，我什么都不怕！"

此人咄咄逼人的气焰令毕晓普害怕，他本来并不想和这人争论，但不知怎的，他不由自主地发出了一句问话："你真的什么都不怕吗？"

"不错，什么也不能令我感到害怕。因为什么对我来说都无所谓，我不怕失去任何东西，包括生命。宇宙是冷酷的，所以我们也应是冷酷的，这样才符合……宇宙的规律。"

坚硬的岩石也有害怕的东西……毕晓普心想，他觉得必须亮出自己的撒手锏。"黑月亮，"毕晓普慢慢地说，"你不怕黑月亮吗？当黑月亮升起来的时候，你没感到过恐惧？"

"黑月亮？什么黑月亮？我不知道。有也不怕，大不了一死。"

毕晓普突然间失去了和这个人继续争论下去的兴趣。宝贵的时间正在一分一秒地流逝，安琪还在远方苦苦地等待，可他却在这儿和精神病人纠缠不清。不能再在这儿浪费生命了，毕晓普向自己的双腿发出重新迈动的神经脉冲信号。

"小子。"火星车的主人突然又发问了，"你这么急匆匆地要去哪儿啊？到处乱走不累吗？"

"我要去见我的未婚妻，她没能和我乘上同一艘救生艇。"

"找她干吗？命都要没了，找她又有什么用？她能让你活下去吗？"

"不能。"

"那还找她干吗？"

"因为我需要她，她也需要我，我们彼此相爱，我要和她共同度过生命的最后时光。我觉得……这样的一段时光将是我一生中最有意义、最令我难忘怀的时光。我一定要给她以支撑，使她不致孤独地走向死亡。"

"爱……爱……"枪法超群的火星车的主人反复轻声念叨着，他漆黑的双眸透出迷幻之色。他的枪口逐渐下垂，直到与地面呈九十度垂直。两人在火星橘红色的空气中陷入了凝滞状态，看上去仿佛彼此都已经走进永恒，成了化石。

良久，火星车的主人又问："你的未婚妻在几号救生舱？"

"三号救生舱……"

"三号救生舱……"火星车的主人眯起他那双黑火似的眼睛凝望着远方的地平线。

"好吧，你快走吧，"半分钟之后，此人又开腔了，"找你的爱去吧，别再耽误我消灭那些让人发狂的氧气瓶了。"

毕晓普转过身，迈开双腿重新起程了。

"我想我应该提醒你一下。"火星车主人的声音又从耳机中传来，"你最好避开我的射击范围。子弹不长眼，如果你由于粗心大意而死在我的枪下，你就找不到你的爱了。那可太遗憾了。"

毕晓普闻言诧异地转身看了他一眼。此人刚才一直在情绪激动地否定生命，蔑视生命，怎么这会儿他却突然在意起一个陌生人的生命来了？

然而，毕晓普此刻的心思已不在思考问题上了，他要抓紧时间去追寻自己的爱。毕晓普调整了一下自己的前进方向，绕开那人的"靶场"继续前进。身后传来的爆炸声渐趋微弱。

四

他感到无聊，很无聊。

所有的氧气瓶都已被射爆，遍撒于地上的亮闪闪的金属碎片给了这异星的火红大地以一种奇妙的点缀，看上去颇有些美感。

然而，他对此已感到厌倦。毁灭的欲望依然在他的胸中翻滚，但他的毁灭对象已全部被他所毁灭，体内无处发泄的火焰令他烦躁不安，这时他有些后悔刚才放走了那个小伙子。

他端着他的步枪，慢慢来回踱着步，间或漫不经心地踢起地上的沙尘，百无聊赖地磨蹭着。

猛地，他瞄准远方的一块巨石，端起枪后就是一枪。

巨石上腾起一股淡淡的烟尘。

他心中也腾起一股淡淡的得意之情。他为自己的枪法而骄傲，这手绝活儿在他的生活中一直很重要。

然而，烟尘散尽之后，巨石依旧站立于红色的大地上，并不理睬他的绝技。

他索然无味地放松双臂，怔了一会儿，将枪扔进了火星车里，随后他也进了火星车。

将座椅靠背调低后，他放松地躺在了座椅上。身上一舒坦，心情也安宁了一些。他躺了一阵，开始感到骄傲。他为自己心中没有一丝恐惧而骄傲。多年以来，他一直为此而骄傲，无论发生什么，他都能做到心里没有恐惧，也没有悲哀。他认为这很了不起，同时认为自己极其坚强，他为自己能做到远离软弱而无比骄傲。

软弱的人最讨厌……这时候，他想到了数小时前所碰到的那个想在生命的最后时刻与未婚妻待在一起的小伙子。这小子现在在想什么……当他发现自己想寄托生命的爱情已经被我……哈哈，这毛桃子会发疯吗？"爱？爱？……"他嘲弄地摇着头。

为何芸芸众生就是弄不明白？恐惧的根源是什么？就是爱！有爱就会有恐惧！因为你爱上一样东西，你就会害怕失去它，恐惧于是就由此产生。你爱上一个人，你就会害怕被抛弃、被欺骗；你爱上一样东西，你就会害怕毁灭；你爱生命爱自己，就会害怕死亡。拒绝恐惧的唯一行之有效的方法，就是……拒绝爱！拒绝一切形式的爱，包括对自己的爱！那小子竟想用爱情来对抗死亡、对抗恐惧，这真是本末倒置、不识进退！真是可笑，可笑极了！现在这小子一定在号啕大哭吧？他一定彻底清醒了……他放声大笑了起来，心里感到痛快极了，他觉得自己还从未这么痛快过呢。他笑了好久好久。

这个人就这么时不时地笑上一阵。看来，他所想的事实在太可笑了。不过，他的呓语渐渐低落，最终消失了。他睡着了。

他在沉睡中均匀平缓地呼吸着，所以氧气存量显示器的数字也在平缓地改变。生命就在这与死亡差别不大的睡眠中一丝丝地流走。不知道这个人在走入永恒的死亡之前所做的最后一个梦，会是什么样的？

当他醒来后，他为自己还活着而略感惊异。这时，满天已是繁星点点。他打了个哈欠,扭头扫视这陌生的星空,但他也不知道自己想看什么。

等他的目光落在了正在冉冉上升的福波斯上时,他的脑海中灵光蓦地一闪,似有所悟。他盯着这颗闪光的小月亮,皱着眉头慢慢思索着……

终于,他想起来了。他想起来,福波斯运行到天顶处时就会被火星的阴影所遮住,失去它的光芒。嗨,原来这就是什么黑月亮!……他恍然大悟,又"呵呵"地笑了起来。

福波斯依着它自己的恒定速度不紧不慢地向着天顶爬升着。一个运动物体的速度一旦是恒定不变的,它就总是给人一种不紧不慢的感觉。他望着它,想看看它有什么了不起。"说得那么邪乎……"

他认真地盯着福波斯,聚精会神,目光须臾不离。

然而,他的心脏随着福波斯在天空中的脚步变化居然不可思议地逐渐颤抖了起来。这种颤抖起先宛如微风吹拂的湖面,有几丝若有若无的波纹,而后风力开始加大,湖面变得波光粼粼,再后来就出现了细浪拍打湖岸的画面。

这让他大惊。他已有许多年未感受过自己的心跳了,他早已习惯了没有心跳的生活,早已忘掉了心跳的感觉,所以他认为此刻这种现象实为不祥之兆。

福波斯依旧不紧不慢地在黑暗的太空中行走着。而他的面色渐趋凝重，手不由自主地将躺在车里的步枪握在了手中，似乎这玩意儿能给他以力量。

在福波斯光芒的映照下，他的嘴唇越抿越紧，握枪的手也越来越用力。

当福波斯在天顶处洒下黑暗之时，他皱紧了双眉，向着它射出凶狠的目光。他许久也不曾眨一下眼皮，似乎正在以对视的方式和上帝比拼意志。

双方就这么僵持着。

他的呼吸越来越急促。

突然间，他猛吸了一口气，霍然起立，跳下车来。

"去你的！"随着这一声大吼，他将手上的步枪顶上了肩。黑森森的步枪直指天顶，威胁着星空。

十字形的火焰在枪口闪动，一连串高速射弹宛如明亮的火鞭击打着夜空。

一个弹匣扫空了，他没觉得怎么样。于是，他换上一个新弹匣，继续扫射。

随着肩头不断感受到的后坐力的冲击，无比畅快的感觉充满了他的全身。他发出了大声的、粗野的狰狞笑声。在火舌的映照下，他的双眸中火光闪闪。

第二个弹匣射空之后，他又换上了一个新弹匣。这一次，他向着每一颗看得见的星星射击。"都去死吧！死亡才是最后的真谛！"他竭尽全力嘶吼着。他的鼻子喷着灼热的气息。同时，他的手指使劲地扣动着，将一发发子弹射向星空。他要打断宇宙的脊梁，让自己在天崩地裂的世界末日中死去。

他现在只觉得自己在控制着整个宇宙的命运，自己拥有无上的权力，这让他痛快到了极点！昨天的这个时候，他也品尝过这种美妙的滋味……

然而，渐渐地，当他那满腔莫名的激愤和仇恨随着成串的子弹渐次喷出体外，沮丧与空虚亦无可阻挡地产生了。因为，星星仍在夜空中发光，黑月亮仍在播洒黑暗，时间仍在冷漠地流走，宇宙纹丝未动。

他射出的子弹已经全部悄无声息地消没于了夜空之中，再无半点儿踪迹可寻了。他突然明白了，全部明白了，彻底明白了……

枪，从他的手中滑落到了地上。他不想再打下去了，他的杀戮与毁灭的欲望已经消失殆尽。

他茫然地四处顾盼，感受到了前所未有的空虚和寂寞，此刻他的体内空间犹如一个真空的空洞，找不出一丁点儿物质，也不能发出声音。

当他的目光于不经意间落在了地球上时，一口冰凉的空气硬灌入他的喉咙，令他窒息。

此刻，地球在夜空中清晰可见，就连它身边的月球也可以毫不费力地看到。

地球一如亿万年的每一天那样平静地反射着太阳的光芒，它的光芒并不耀眼，可他却如同遭到了极其沉重的一击，一下子虚软地跪于了火星的地面。他的心剧烈地跳动起来，冰层破裂的咔咔声不可挽回地响了起来。

这时在他体内，飓风已然刮起，各种情感犹如火山喷发一般在他体内四处迸射，震得他全身颤抖不止。

他双手撑地，竭力克制着全身的颤抖。但那飓风拥有势不可当的能量，轻而易举地就将他的努力连同他脑海中的许多年来一成不变的东西一鼓作气地全部摧毁，击得粉碎。

这时的他，感到全身如同浸在冰水之中，剧烈的寒冷冻彻骨髓，冰山一般巨大而冰冷的恐惧感压得他无法呼吸。他从内心的最深处感到恐惧，感到害怕，这让他绝望。

突然间，他猛地站起身来，重新握起了他的步枪。他将枪口顶在了头盔面罩上。

"不！"随着这个人一生中的最后一次高喊，一串灼热的子弹飞向星空，但旋即消失在了永恒的黑暗之中。

五

毕晓普怔怔地望着眼前的景象，感到胸腔中悬吊着心脏的肌肉已全都断裂，心脏直向着一个深不可测的黑暗的深洞坠下去、坠下去……

三十多个拓荒者和太空船船员一动不动地躺在地上，好几个人的面罩都已碎了，太空服上还沾着血迹。他们，都死了。在他们所围绕的救生舱的高大舱壁上，一个白色的"Ⅲ"正在反射着耀眼的阳光。

毕晓普默然无言地在死者们身边走动着。他注意到每个死者都是被枪弹击中死亡的，凶手的枪法非常准，几乎所有的死者都是被一枪毙命的，并且每具尸体背上的氧气瓶都不见了。毕晓普走进救生舱，也没有找到备用氧气瓶。他什么都明白了。

毕晓普很快从地上众多死者中找到了他的安琪。

置安琪于死地的那一枪正中她的心脏，立刻死亡，没有痛苦，没有惊慌，也没有恐惧，安琪脸上的神情恬静又安详，仿佛正在梦乡中漫步。

毕晓普跪坐在安琪的身边，感到难以自制的悲哀。本来，他希望能和安琪一起度过生命最后的时光，可是却不能，现实不愿意成全他。

安琪中弹后，她的自封式太空服夹层中的速凝胶质修补剂立即封闭住了太空服上的破口，因而血液没有喷出去多少，她脸上依稀还可以看见红晕。毕晓普凝视着她的面容，觉得她从未像现在这样美丽。

毕晓普小心地把安琪抱在了自己怀里。由于是在火星上，安琪的身体出乎他意料得轻。毕晓普低下头，想让自己的脸颊贴上安琪的额头，但头盔阻止了他，双方的面罩贴在了一起。

毕晓普轻声地向安琪诉说着。在来此的路上，毕晓普一直在斟酌着见了面该说的话。他一直不知道该说些什么才合适。但是现在，他的话语如温泉般流淌不停。他的思维并未高速运转，所说的话更像是源自潜意识。

他在向安琪诉说自己的爱意、自己的温情以及自己所怀有的一切梦想。

从前，他一直不知道全心全意地爱上一个人是什么样的感觉，但现在他感觉到了；他一直不能肯定自己是否真的爱安琪，但现在他知道自己一生最爱的人是谁了。

毕晓普一刻不停地说着，他要补偿过去所疏漏了的、该说但却没有说的所有的话。

他沉湎于和安琪两人的世界之中，暂时忘却了客观现实世界的一切，他只觉得心情前所未有的安宁、平和、恬适。

此刻，他身上和心上的所有伤痕都已然平复，整个人仿佛在温暖的海水中漂荡、漂荡……

太阳渐渐沉入了地平线。毕晓普察觉到了光线的暗淡，他抬起了头来。当最后一抹夕阳的光辉散去之时，泪水充满了毕晓普的眼眶。

他知道黑月亮就要升起来了，他感到害怕。但他并未被恐惧彻底控制，他从未像现在这样觉得活着很美好，他不愿意离开这个世界，他刻骨铭心地渴望能和安琪一块儿活下去！毕晓普不愿逃避，不愿扯断自己的供氧管。有安琪在他身边，他感到充实和满足。

太阳，彻底离去了。满天的星斗从宇宙中浮了出来，注视着毕晓普和安琪。毕晓普平生头一次发现星星竟是这么晶莹，他想说："真美啊！"

一朵光华从地平线渐渐升起来了。毕晓普紧紧搂住了安琪。他现在只希望自己能再次看到初升的朝阳，只希望自己能在阳光里走到另一个世界去。除此之外，他别无所求。